KB110368

광대하고 게으르게

광대하고 게으르게

문소영 에세이

민음사

차례

1부 ———— 게으르게

2부 ———— 불편하게

3부 —— 엉뚱하게

4부 —— 자유롭게

5부 광대하게

6부 행복하게

1부
게으르게

01

늦게 꽃핀 대가들

나는 늦게 꽃핀 예술과 학문 대가들에 엄청 관심이 많다. 나도 혹시 늦게 꽃필 수 있지 않을까 하는 궁색하고 애잔한 소망 때문이다. 서른이 가까워오사 서른 이후에 꽃핀 사람들을, 마흔이 가까워오자 마흔 이후에 꽃핀 사람들을 열심히 찾아왔다. 아마 이 탐색은 쉰 넘어 꽃핀 사람들, 예순 넘어 꽃핀 사람들, 일흔, 여든, 아흔……으로 영원히 이어질 것 같다.

그동안 찾은 사람들로 몇 년 전 대유행한 「백세인생」 노래를 새로 쓸 수도 있겠다.

"육십 세에 아직도 이룬 게 없느냐 묻거든 프랭크 매코트(『안젤라의 재』로 퓰리처상을 수상한 소설가)는 66세에 데뷔작 썼다 일러라~ 칠십 세에 아직도 이룬 게 없느냐 묻거든 모지스 할머니는 78세에 그림 시작했다고 일러라~"

물론 이런 거 찾을 시간에 글이라도 한 줄 더 읽고 한 줄 더 썼으면 죽기 전에 꽃필 확률이 조금이라도 높아지겠

윤석남, 「핑크룸 V」(2018),
학고재 갤러리에 설치된 모습

지만.

내가 생각하는 "꽃핀다."의 의미는 유명해지는 것보다도 자기 분야에서 스스로 인정할 만큼 독창적이거나, 새로운 경지의 뭔가를 이뤄서 극소수보다는 좀 더 많은 사람들의 마음을 감동시키거나 생각을 전환시키고, 장기적으로 세상을 바꾸는 것이다. 그렇기 때문에 빈센트 반 고흐(1853-1890)는 생전에 세속적 성공은 거두지 못했지만, 37세에 세상을 떠날 때까지 최후의 3년 동안 눈부시게 '꽃핀' 셈이다. 그런데 그도 당대 화가들에 비해서 늦게 그림을 시작했기 때문에 늦게 꽃핀 편이었다.

늦게 꽃핀 대가들은 크게 두 종류가 있다. 경제형편 같은 외부상황 때문에, 또는 자기 재능을 몰라서 늦게야 그 분야에 뛰어든 사람들. 그리고 일찍부터 그 분야에 있었지만 대기만성형으로 천천히 성장한 사람들. 첫째 종류의 대가 중에 철학자 가스통 바슐라르(1884-1962)는 우체국 직원, 교사 등등으로 일하다 마흔세 살에 박사학위를 따고 첫 저서를 내놓기 시작했다. 화가 앙리 루소(1844-1910)는 세관원으로 일하면서 독학해서 마흔두 살부터 작품을 발표하기 시작했고 그나마 처음엔 비웃음만 받았다. 젊은 아방가르드 화가들이 그의 색다른 그림을 눈여겨보기 시작하면서 마흔아홉 살에야 전업화가가 되었다.

소설가 박완서(1931-2011)는 전업주부였다가 서른아홉 살(만 나이. 외국 작가들은 만 나이로 이야기하고 있으니 한국 작가도 만 나이로 해야 형평성이 맞지!)에 화가 박수근을 모델로 한 『나목』으로 등단했다. 여성의 사회활동이 억압됐던 시대에 재능을 억누르고 가정주부로 살다가 자식들이 장성한 후 늦게 꿈을 펼친 경우가 국내외 막론하고 많이 있더라. '페미니즘 미술 대모'로 불리며 최근 세계 주요 미술관에 작품이 소장되고 있는 팔순 미술가 윤석남도 평범한 주부로 살다가 마흔 언저리에 "이대로는 살 수 없을 것 같아서, 그저 살기 위해서" 붓을 들었다고 했다.

대기만성형 대가의 대표로는 일단 극작가 헨리크 입센(1828-1906)을 꼽을 수 있을 것 같다. 그는 스물두 살부터 꾸준히 희곡을 썼지만 처음엔 작품 수준이 그저 그랬다. 마흔 가까워서야 『페르 귄트』 등으로 인정받기 시작했고, 대표 걸작 『인형의 집』, 『유령』, 『민중의 적』, 『헤다 가블러』는 모두 50대 초반에서 60대 초반 사이에 쓴 것이다. 이들을 모두 책으로 읽거나 연극으로 봤는데, 150여 년 전의 작품들이 너무 현대적이어서 놀랐고 입센이 더 젊었을 때 쓴 작품들보다 더 반항적이고 진보적이어서 다시 한번 놀랐다. 그에게 내재된 혁명적 정신은 젊을 때 섣불리 나타났다 사그라지거나 바래는 대신 내면에서 천천히 잘 영글어서 나이 들었을 때 한층 강력하고 폭발적으로 나타난 모양이다. 이것이야말로 늦게 꽃피는 것의 좋은 점이 아닐까!

하긴, 늦게 꽃핀 대가들은 많은 나이에도 불구하고 세상에 대해서, 또 자기 실험에 대해서, 싱싱하고 서늘하게 날이 서 있다. 자신의 어머니를 주제로 한 채색 목조각을 많이 창작하며 모성을 통한 페미니즘을 역설해 온 윤석남 작가를 2018년 개인전에서 만났을 때 "요즘 젊은 페미니스트들이 모성 자체를 거부하는 경향을 보이는 건 어떻게 생각하세요?"라고 질문한 적 있다. 그러자 그는 "그러는 게 당연하죠!"라고 서슴없이 대답해 나를 놀라게 했다.

"모성이라는 명목으로 여성들에게 덮어씌우는 굴레가 많으니까요. 그것에 대해 저항을 하는 것은 필요합니다. 모성은 반드시 아기를 직접 낳아서 키우는 걸 말하는 게 아닙니다. 자기 자식만을 싸고도는 것은 더더욱 아닙니다. 모성은 타인을, 특히 약자를, 아우르고 포용하는 것입니다. 하지만 동시에 '모성'이라는 이름으로 부당한 희생만을 강요하고 좁은 가정의 틀에 갇히게 하는 것에 대해서는 문제를 제기해야 하는 겁니다."

팔순의 나이에도 '꼰대스러움'을 찾기 힘든 그 생각과 말, 그 맑고 힘 있는 목소리, 그 꾸밈없으면서도 멋스러운 옷차림, 국제적인 명성을 얻은 채색 목조각 연작에 안주하지 않고 70대에 새롭게 배워서 시작한 전통채색화 기법의 신작들……. 지금도 눈에 선하다. 그를 보면서 '영원한 젊음'이 무엇인지 알 수 있었다.

한편 또 다른 대기만성형으로 대도시의 고독을 그린 화가 에드워드 호퍼(1882-1967)가 있다. 학교에서 미술을 전공하고 광고 일러스트레이터로 일하며 틈틈이 회화를 발표했지만 인정을 받고 전업화가로 전환한 건 40대 초반에 이르러서였다. 가장 유명한 「나이트호크」는 환갑에, 내가 가장 사랑하는 「바다 옆 방」은 일흔 직전에 그렸다.

미술애호가인 시카고대 경제학교수 데이비드 갤런슨은 일찍부터 꽃핀 화가의 대표는 파블로 피카소(1881-1973), 늦게 꽃핀 화가의 대표는 피카소가 존경하며 '우리 모두의 아버지'라고 부른 후기인상주의 화가 폴 세잔(1839-1906)이라고 했다. 피카소는 현대미술의 획을 그은 「아비뇽의 처녀들」을 불과 26세에 그렸다. 갤런슨의 2006년 연구에 따르면, 미술사 책에 인용된 피카소 작품의 40퍼센트가 서른도 되기 전에 그린 것들이라고 한다. 반면에 미술사책에 인용된 세잔 그림 중 60퍼센트가 쉰이 넘어 그린 것들이다.

실제로 세잔이 20~30대에 그린 그림은 뛰어났는데 미처 인정을 못 받았던 게 아니라, 별로 뛰어나지 않았다. 왜냐하면 스스로의 작품세계에 대해 갈피를 못 잡고 있었기 때문이다. 그는 늘 자신이 '보는 것'을 제대로 그리고 있는지 의심했다.

우리는 딱 사진 같은 그림, 즉 고정된 앵글에서 한 찰나에 포착한 이미지를 정교한 명암법과 원근법으로 재현한 것

에드워드 호퍼,
「바다 옆 방(Rooms by the Sea)」(1951),
미국 예일대학교 미술관 소장

폴 세잔, 「비베뮈 채석장에서 바라본 생트 빅투아르 산」(1897), 미국 발티모어 미술관 소장

을 '보이는 대로 잘 그렸다'고 생각하기 쉽다. 하지만 이게 정말 우리가 '보는 것'일까? 이건 망막에 순간적으로 맺히는 상일 뿐이다. 우리는 사물과 사람을 여러 각도에서 여러 시간에 걸쳐 본다. 게다가 최종적으로 우리가 '보는 것'은 망막에 맺히는 상이 아니라 뇌를 거쳐서 오는 시각 정보로서, 거기에는 기억, 판단, 감정 등이 개입되고 결합된다.

19세기 중후반 서양화가들이 이 사실에 눈뜨게 된 것은, 진짜 사진이 나옴으로써 사진 같은 그림은 쓸모없어지고 대신 사진이 나타내지 못하는 우리의 시각적 체험을 보여줄 새로운 미술이 필요해졌기 때문이었다. 그래서 먼저 나온 것은 클로드 모네를 위시한 인상주의 '외광파', 즉 햇빛에 따라 시시각각 변하는 찰나적 시각 체험을 그대로 나타내는 그림이었다.

하지만 인상주의 그림은 빛과 색채를 강조하다 보니 평면적이고 공간감이 별로 없었다. 그것을 극복하고자 세잔은 40대에 고향인 엑상프로방스로 돌아가 식탁 위의 사과를, 멀리 보이는 생트 빅투아르 산을, 끝없이 반복해서 그렸다. 그러면서 비로소 자기 세계를 찾고 50대부터 절정으로 오르게 된다. 이 시기 작품을 보면, 인간의 눈이 여러 위치와 여러 시간에 걸쳐 훑은 세계를 과거 화가들의 원근법과는 다른 면 분할을 통해 독특한 공간감과 입체감으로 표현하고 있다. 거기에서 영감 받아 큐비즘(입체주의)을 탄생시킨 것이 바로 피카소였다.

세잔은 지금 우리에게도 여러 가지를 말해 준다. 내가 '보는 것'이라고 생각하는 것을 의심할 것. 사진 같은 신기술의 출현, 세상의 변화에 선제적으로 대응할 것. 그리고 각자의 전성기 시계는 다르다는 것.

그러나 늦게 꽃핀 대가들의 발자취를 따라가며 마냥 희망적이지 않은 건, 이들 중 나처럼 게으른 인간은 아무도 없어 보인다는 것이다. 세잔은 유명한 전설대로 사과를 100번 넘게 다시 앉아서 그렸다. 그리고 프랭크 매코트는 이런 명언을 남겼다.

"계속 끄적거리세요! 뭔가가 일어날 겁니다. (Keep scribbling! Something will happen.)"

여기서 "뭔가 일어날 거다."는 따뜻한 격려지만, "계속 끄적거려라!"는 참 서늘하고 무거운 충고다. 심지어 느낌표도 "뭔가 일어날 거다."가 아니라 "계속 끄적거려라!"에 붙어 있잖아! 아아……, 방황할망정, 느릿느릿 갈망정, 그냥 늘어져 있어서는 안 되는구나. 뭔가를 끈질기게 하며 게을러야지, 무기력하게 게으른 건 안 되는구나, 죽기 전에 한번 꽃펴 보려면.

02

지독한 게으름

"일을 의뢰받으면 그 일이 무엇이든 간에 아, 싫다, 가능하면 안 하고 싶다. (중략) 마감 직전, 마감 넘겨서까지 양심의 가책과 싸워가며 버틴다. 그 전에는 아무리 한가해도 일이 손에 잡히지 않는다. 그러는 내내 위장이 뒤집힐 듯 배배 꼬여서 이따금씩 위산이 역류하기도 한다. 몇십 년을 매일같이, 공휴일 명절 할 것 없이 뒤틀리는 위장의 재촉을 받으며 내 인생은 끝나리라."

쿨한 독거 할머니 사노 요코의 『사는 게 뭐라고』에서 이 구절을 읽으며 '그래, 그래, 그렇지.' 하며 혼자 신나게 웃었다. 더욱 웃은 건, 자기가 먼저 제안해서 맡은 일을 하면서 이 말을 꺼냈다는 거다. 아, 딴 사람은 몰라도 나는 너무나 잘 이해한다. 너무 이해가 잘 가서 탈이다.

이번에 미술관 비평문 작업을 하면서도 느꼈다. 의뢰가 왔을 때 기꺼이 맡았고, 특히 관심 가는 작가들의 비평을 맡

존 화이트 알렉산더, 「휴식」(1895)

았고, 스튜디오에서 작가들과 대화할 때도 많은 영감을 받았다. 쓰고 싶은 말도 많이 떠올랐다. 그런데 막상 비평문 쓰는 작업은 하기 싫은 거다. 누가 내가 뒹굴면서 단편적으로 지껄이는 말을 논리적이고 멋진 글로 탈바꿈시켜 주면 얼마나 좋을까.

그렇게 꾸물거리다 마감 거의 다 되어서 나 자신에게 욕을 퍼부으며 본격적으로 글을 쓰기 시작했다. 일단 쓰기 시작하면 (가소롭게도) 나름 완벽주의라, 작가의 말과 작품의 디테일을 다시 몇 번씩 확인하며 글을 쓴다. 결국 마감을 넘겼다. 파랗게 질려서 밤을 새가며 계속 썼다. 간신히 보내고는 그래도 제법 잘 썼다고 혼자 히죽거리며, 다시 늘어져서 뒹굴었다. 해야 할 다른 일들은 또 미룬 채.

그러나 사노 요코 씨를 생각하면 다시 어깨가 축 늘어진다. 그는 『백만 번 산 고양이』를 비롯해 여러 아름다운 작품을 냈고 결혼과 이혼을 두 번씩 하는 등, 나와 비교도 안 되게 부지런하고 뜨거운 삶을 살아낸 사람이니까. 이혼이 좋다는 건 아니지만, 게으른 자에겐 결혼도 이혼도 대단한 정신과 육체 소모 노동 프로젝트라 어쨌든 엄청나거든. 게다가 암에 시달리면서도 멋진 글을 썼다는 것만 봐도, 재능도 재능이지만 얼마나 부지런한가. (『사는 게 뭐라고』는 그가 72세에 암으로 세상을 떠나기 전 몇 년 간의 일기를 모은 것이다.)

요코 할머니도 경악할 나의 게으름은 어디서 온 것일까.

전 남친 등 내게서 사라져간 몇몇 사람들은 모두 내 게으름에 질려서 떠난 것인지도 몰라. 난 딱 노숙자로 사는 게 맞았는데 부모님을 잘 만나서 노숙자를 면한 건지도 몰라. 끝없이 갈구어서 공부를 하게 만들고 '사지 멀쩡한데 먹는 만큼 벌지 못하면 나가 죽어라.'는 세뇌를 강력히 시켜주신 덕분에 말이다. 얼마 전에도 엄마가 씁쓸히 말했지.

"너 고등학교 때 아침마다 깨워야 하는 거에 지쳐서 한 번은 그냥 내버려둘까 했어. 지각해서 정신 차리라고. 하지만 너는 지각하고서도 또 늦잠 잘 인간이라는 결론에 곧 도달하고 그냥 계속 깨우기로 했지."

그러고 보니, 난 맥도 할머니가 (그분의 명복을 빈다.) 맥도널드에 자리를 틀고 '맥도 할머니'로 유명해지기 전 광화문 시네큐브 카페에 상주하던 때의 모습부터 인상적으로 봤다. 할머니는 시네큐브 다음에는 광화문 파이낸스센터 커피빈에도 한동안 있었다. 뭔가 좀 지적이고 쿨한 장소를 찾는 것 같았다. 나중에 매체를 통해 '맥도 할머니'로 불리는 것을 보고, 오히려 맥도널드는 의외의 장소라고 느꼈다. 24시간 운영이라서 그곳을 택했을까? 아무튼 내 기억에 그분은 늘 하얀 긴 머리를 대충 묶고 수많은 신문을 쌓아놓고 글놀하게 읽던 모습이다. 남들에겐 한없이 불쌍하게 보였는지 몰라도 내겐 좀 신선같이 보였다.

왜 난 그를 그렇게 인상적으로 봤을까. 뭔가 부럽고(나의 백수 본능에 맞아서) 동시에 두려웠던(부모님에게 세뇌당한 백수 거부증으로) 건 아닐까. 그분이야말로 제멋대로 게으르게 사는 것을 실천하다 간 게 아니었을까.

하지만 게으름의 아름다움은 따끈한 샤워와 포근 폭신한 베개 쿠션과 함께 완성되기 때문에(존 화이트 알렉산더의 그림을 보라.), 맥도 할머니같이 딱딱한 맥도널드 테이블에 앉아 있다 죽고 싶진 않다……. 게다가 이왕 일을 하면 그 일로 뭔가 세상에 없는 걸 만들고 싶다는, 내 게으른 성격에 어울리지도 않는 드높은 야심이 순간순간 일어나곤 한다. 그래, 난 맥도 할머니보단…… 요코 할머니처럼 죽고 싶어. 그러려면 지금보다 조금은 부지런해져야 하는 걸까?

03

심리테스트를 하는 심리

어릴 때도 잡지에 심리테스트, 성격테스트만 나오면 질문들 옆에 빈 네모칸에 체크를 하고 싶어 손이 근질근질했다. 요즘도 소셜미디어 친구들이 올린 테스트 결과가 뉴스피드에 줄줄이 올라오면 나도 한번 해보고 싶어 손가락이 움찔거린다. 좋아하는 색깔로 내 성격을 알려주고, 몇 가지 질문에 답만 하면 좌뇌형인지 우뇌형인지 알 수 있고, 내게 맞는 남자친구 유형을 알 수 있고, 내가 살 만한 세계 도시를 골라 준다니!

사실인즉 질문에 답을 클릭하면서도, 또 결과를 보면서도 별 믿음은 없다. 새로운 통신서비스나 영화를 홍보하는 상술일 경우가 많다는 것도 안다. 그런데도 왜 난 심리테스트만 보면 그냥 지나치지 못하는 것일까. 왜 심리테스트는 늘 유혹적일까.

아마도 그건 내가 누군지, 내가 진정 원하는 게 뭔지, 나 자신도 잘 모르고 궁금하기 때문일 것이다. 택시를 타면 간

카스파 다비트 프리드리히,
「외로운 나무」(1822)

혹 듣곤 하는 「타타타」라는 노래에 "네가 나를 모르는데 난들 너를 알겠느냐."라는 가사가 있는데, 사실 난 오랫동안 그 가사를 "내가 나를 모르는데 넌들 나를 알겠느냐."로 잘못 알고 있었다. 얼마나 내가 나를 모르겠으면 노래도 그렇게 들렸을까.

옛날 우리나라 사람들은 그런 면에서는 편하지 않았나 싶다. 과거의 집단주의 한국에서는 어느 집단에 소속돼 있고 어떤 위치에 있는가로 정체성이 정해졌으니까. 집단의 규율과 취향을 따르면 되었고, 위치에 요구되는 일을 하면 되었고, 개인의 개성은 여기에다 약간의 변주를 더하기만 하면 되었다.

그러나 이제는 자의 반 타의 반으로 그게 무너졌다. 90년대에 와 드디어 서구적 개인으로서의 의식이 싹터서 집단을 수동적으로 따르는 것에 스스로 저항하게 되었다. 그리고 2000년대 들어와서는 그만큼 견고하고 영구한 집단 자체가 점점 사라져서 원치 않더라도 홀로 설 수밖에 없게 되었다. 평생직장이 없으며, 가정도 예전보다 훨씬 유동적이니까.

그런데 문제는, 그럼에도 불구하고, 나를 포함한 많은 한국인이 집단의 눈치를 보는 문화 및 집단적으로 형성된 획일화된 성공기준과 가치에 물든 채 자랐기 때문에 독립적으로 생각하고 행동할 자신감을 갖지 못하고 있다는 것이다.

이제는 집단 구성원의 신분이 보장되지도 않고, 집단이 영구히 자신을 보호해 주지 못하는데도 말이다. 그러니 분노와 스트레스가 쌓일 수밖에 없다. 그게 폭발하는 현장의 대표는 아마도 명절날 친척들과 만나는 자리일 것이다.

몇 년 전 일본 철학자가 아들러 심리학에 대해 논한 책 『미움받을 용기』가 폭발적인 인기를 누리며 오랫동안 베스트셀러 목록 최상위에 있었던 것도 이런 상황에서 나온 현상일 것이다. 이 책은 일단 제목부터 사람들을 끌 수 밖에 없다. '미움받을 용기'는 곧 '네가 뭐라건 너와 다른 나를 찾을 용기'다.

아직도 '나를 찾는 것'에 대해 고민하는 내가 마음이 어지러울 때마다 읽는 시가 있다. 『폭풍의 언덕』으로 유명한 19세기 영국 문인 에밀리 브론테의 시다. 서투르지만 직접 번역하면서, 심리테스트보다 위안이 되었다. 그래서 여기에도 실어본다.

스탠자(Stanza: 각운시)

에밀리 브론테 지음

문소영 옮김

종종 힐책 받지만, 언제나 다시 돌아간다
나와 함께 탄생한 저 첫 느낌들로,

부와 학식을 바삐 좇는 것에서 떠나간다
불가능한 일들의 한가로운 꿈들로;

오늘 난 그늘진 지역을 찾지 않으련다;
그 지속불가능한 광대함은 황량해진다;
그리고 예언적 환영이 무수히 솟아난다,
비현실세계를 기이하게도 가깝게 데려오며.

나는 걸으리라, 그러나 옛 영웅들 자취 따르지 않고
높은 도덕률의 길도 가지 않고
약간의 명성을 얻은 얼굴들, 오랜 역사 속에
흐릿해진 그 모습들에 섞여 가지도 않으리라.

나는 걸으리라, 나 자신의 본성이 이끄는 곳으로:
다른 길잡이를 택하는 건 성가신 일:
회색 양 떼가 고사리 우거진 협곡에서 풀 뜯는 곳;
거친 바람이 산기슭으로 불어오는 곳.

저 고독한 산들이 보여줄 만한 것은 무엇인가?
내가 말할 수 있는 것보다 더 큰 영광과 더 큰 슬픔:
한 인간의 마음을 느낌으로 일깨우는 이 땅은
천국과 지옥의 두 세계 중심에 설 수 있다.

영국 특유의 자연 풍경을 사랑하던 영국 시인의 작품이라 영국 풍경화의 대가 존 컨스터블이 떠오르는 게 자연스러우련만, 이상하게도 이 시의 고독하고 음울하고 야성적인 분위기는 독일 낭만주의 풍경화의 거장 카스파 다비트 프리드리히의 작품과 더 잘 어울린다. "큰 영광과 큰 슬픔을 말해 주는 고독한 산들"을 바라보며 우뚝 서 있는 나무의 모습에서 시인 브론테가 보였다. 나는 저렇게 홀로 우뚝 설 수 있을까.

04

자의식 없는 커피 한 잔

사실 커피를 마시는 행위는 다른 뭔가를 먹거나 마시는 행위보다 자의식을 동반하는 경우가 많다. 커피의 맛과 향뿐만 아니라 커피를 마시고 있는 자신의 모습을 은근히 즐긴단 말이지. 물론 일에 쫓겨 신경질적으로 조그만 종이컵에 믹스커피를 타서 입에 털어넣거나 묽은 드립커피를 머그잔에 꽉꽉 채워 퍼마실 때는 커피를 마시는 내 모습 따위 신경 쓸 겨를도 없다. 하지만 좀 여유가 있는 날 커피전문점 테이블에서 홀로 신문을 펴들고 커피가 담긴 길쭉한 종이컵을 들 때, 또는 티 트레이에 색색의 예쁜 타르틀레트를 수북이 놓고 고풍스러운 금테두리와 꽃무늬가 있는 찻잔에 커피를 마실 때, 또는 집에서 쌓인 책 위에 하얀 머그잔을 올려놓고 쿠션에 기대 책장을 넘기며 잔 손잡이를 감싸쥘 때, 누가 보고 있든 아니든 그런 자신의 모습을 무의식중에 외부의 시선으로 바라보며 흐뭇해한 적이 없다고는 말 못 하겠다.

이런 자의식이 스스로도 우습긴 하지만 심하게 비웃을

생각은 없다. 『술꾼의 품격』을 쓴 임범 작가도 "기호식품의 소비에 따르는 쾌감은 맛과 향만으로 이뤄지지 않는다. 거기엔 폼이 따른다."라고 말하지 않았던가. 그는 그 예로 「석양의 무법자」에서 클린트 이스트우드가 담배 피우는 모습과 007 시리즈에서 제임스 본드가 "보드카 마티니, 젓지 말고 흔들어서."라고 주문해서 마시는 모습을 들었다. 그의 글은 기호식품만큼이나 멋들어진 맛이 있다. 이스트우드가 담배 피우는 모습을 묘사한 구절을 보자.

"얇게 만 시가를 입술 중앙으로 가져가 문다. 그러곤 이빨로 살짝 씹으며 옆으로 굴려서 왼쪽 가장자리로 보낸다. 딱성냥을 꺼내, 옆에서 시비 걸고 있는 악당 똘마니의 뺨에 긁어 불을 댕겨 담배에 붙인다."

그런데 이 자의식이 과잉이면 우스꽝스럽게 되어버린다. 이스트우드처럼 그림이 되는 사람도(젊었을 때 정말 멋지더라. 뭐 지금도 멋지지만.) 영화 속에서 폼을 잡으니 멋있는 것이지, 자기 담배 피는 모습을 셀카로 찍어서 인스타그램에 올렸으면 은근히 웃겼을 것이다. 그러므로 어느 날 커피 마시는 모습을 셀카로 찍어서 올리고 싶은 욕망이 들더라도 자제해야 한다. 폼 잡고 싶은 것이 인간의 욕망이나 그 폼에 들어간 자의식이 상대방에게 인지되는 순간 X폼이 돼버리는 수가 있으니.

아무튼 커피는 자의식을 동반하는 경우가 많은 음료라서 민망한 셀카가 아니라 타인이 커피 마시는 모습을 찍은 사진이나 그린 그림에도 커피 마시는 사람의 자의식이 은은하게 느껴지는 작품이 많다.(그건 나쁘지 않다.) 그런데 커피 마시는 사람의 자의식이 거의 없는 독특한 그림이 하나 있다. 프랑스 화가 질베르의 「커피 한 잔」이다.

보통 커피 마시는 사람이 등장하는 그림이라면 배경이 응접실이나 서재, 카페인 경우가 많은데 이 그림에서는 검소하기 짝이 없는 부엌이다. 주부나 가정부인 듯한 여인이 앞치마를 두른 채 의자에 앉아 커피를 마신다. 의자에 등을 붙이지 않았다. 커피를 마시고 얼른 다시 일을 시작해야 하는 모양이다. 하지만 지금 이 순간은 온전히 커피에게 바쳐진 시간이다. 그는 김이 모락모락 나는 커피잔을 향해 고개를 숙이고 있다. 그 짙은 갈색 수면을 바라보며 그 향기를 온전히 들이마시고 있을 것이다. 그의 얼굴에 미묘한 기쁨이 감돈다. 어떤 자의식도 없이 커피에 집중하며 바쁜 일상에서 커피 한 잔이 주는 순수한 쾌락에 빠져 있는 것이다. 그 어느 그림보다도 짙은 커피향이 느껴지는 그림이다.

질베르는 기라성 같은 프랑스 인상주의 화가들이 활약하던 시대에 별 이름을 남기지 못하고 간 화가였다. 하지만 그의 「커피 한 잔」 그림이 100년도 더 후에 먼 이국 땅에서

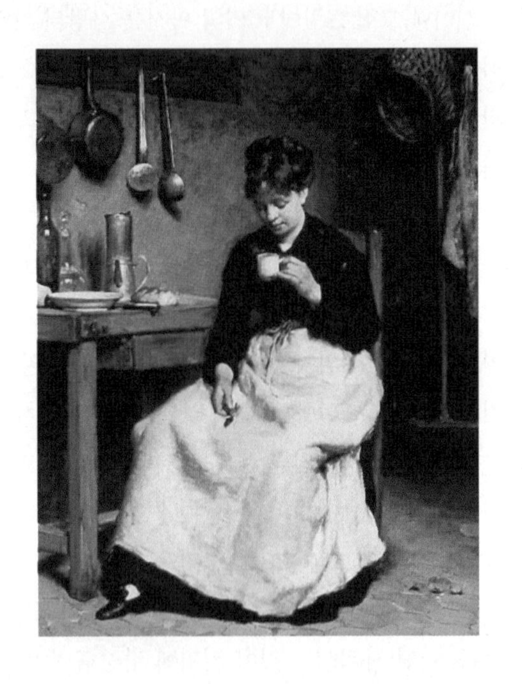

빅토르 가브리엘 질베르,
「커피 한 잔」(1877)

역시 노동 중에 커피를 마시며 그 커피잔처럼 작고 따스하게 단단하고 기분 좋은 찰나를 체험한 어떤 사람에게 깊은 공감을 불러일으키고 있다는 걸 그가 부디 알았으면 한다.

05

말이 씨가 된다

새해가 될 때마다 토정비결을 볼까 말까 망설이게 된다. 그런 나를 유혹하며 스마트폰 애플리케이션 장터에 토정비결 앱들이 인기 상위로 올라온다. 블로그와 소셜미디어로 홍보하는 역술인과 무속인도 심심치 않게 볼 수 있다. 21세기에도 점술 비즈니스는 몰락하기는커녕 오히려 첨단 미디어를 활용해 성업 중인 것이다.

그러나 돈을 주고 얻은 운세 예측은 그럴듯해 보여도 뜯어보면 귀에 걸면 귀걸이, 코에 걸면 코걸이 식으로 애매모호한 경우가 많다. 고대의 신탁(oracle)부터 그랬다.

헤로도토스의 『역사』에 따르면, 기원전 6세기 리디아의 왕 크로이소스는 페르시아를 칠 준비를 하면서 영험하기로 소문난 델포이의 아폴론 신전에 앞날을 물었다. 무녀가 준 신탁은 이랬다. "크로이소스가 페르시아를 공격한다면, 그는 큰 왕국을 멸망시킬 것이다." 크로이소스는 당연히 자신이 이긴다는 뜻으로 해석하고 신나게 싸우러 나갔다. 그러

르네상스 거장 미켈란젤로의

「시스티나 성당 천장화」 중 델포이의 무녀

나 페르시아의 키루스 2세에게 보기 좋게 패하고 이로써 리디아는 멸망했다.

목숨만 건진 크로이소스는 델포이에 가서 따졌다. 그러자 무녀는 "멸망한다는 그 왕국이 키루스의 것인지 자기 자신의 것인지 물어봤나."라고 대꾸했다. 크로이소스는 "아아, 그랬구나." 하고 수긍했다고 한다. 나 같으면 "그딴 예언은 나도 하겠네." 하면서 신전을 다 부숴놓았을 텐데. 델포이 신탁은 항상 그런 식이어서, 심지어 영어의 'Delphic'이란 단어는 '델포이의'라는 뜻뿐 아니라 '애매모호한', '아리송한'이란 뜻이 있다.

그나마 명쾌한 예측을 해서 족집게처럼 맞힌 드문 예로는 2010년 남아프리카공화국 월드컵 결과를 맞힌 점쟁이 문어 파울이 있을 것이다. 사실 파울이 진짜 신통력이 있었는지는 알 수 없다. 어떤 학자들은 8경기 승패를 우연으로 연속 맞추는 것이 확률이 낮긴 하지만 그보다 낮은 확률의 일도 우연으로 일어난다고 했다. 어떤 이들은 축구에 도통한 해양생물관 직원이 자신이 예측하는 방향으로 파울의 움직임을 유도했을 것이라고 보기도 한다.

재미있는 것은 2010년 11월 문어 파울이 자연사했을 때, 각국의 반응이었다. 스페인 사람들은 축구장에서 현수막까지 들고 점쟁이 문어를 추모했다. 파울이 4강전과 결승전에서 스페인의 승리를 예측해 맞혔기 때문에 그에 대한 사랑이 각별했던 것이다. 반면 디에고 마라도나 아르헨티나 축구 대표팀 전 감독은 트위터에 "신통력 문어야, 네가 죽어서 기쁘다. 월드컵에서 진 건 다 네 탓이야!"라는 말을 남겼다. 파울은 독일-아르헨티나 전에서 독일의 승리를 예측해 맞혔었다.

이상하지 않은가. 만약 파울이 진짜로 신통력이 있었다고 치더라도, 스페인이 이기거나 아르헨티나가 지는 미래를 미리 본 것뿐이지, 미래에 그렇게 되도록 만든 것은 아니다. 그런데도 스페인 사람들은 "파울 덕분이야."라고 말했고 월드컵에서 진 나라 사람들은 "이놈의 문어 때문에."라고 했다. 아마 반은 농담이겠지만 반은 진담이었을 것이다.

동서고금 인류는 유리한 예언을 하는 예언자에게 고마워하고 불리한 예언을 하는 예언자는 미워해 왔다. 백제 의자왕도 "백제는 보름달, 신라는 초승달"이라는 거북 등딱지의 문구를 "백제는 이제 기울 것이고 신라는 이제 차오를 것이다."로 해석한 무당의 목을 쳤다지 않은가.

이것은 사람들이 예언의 자기성취력을 은연중에 믿기 때문이다. 즉 예언이 단지 미래에 일어날 일을 미리 말하는 것뿐만 아니라 예언이 말해지는 순간 미래에 영향을 미치는 힘이 있다고 믿는 것이다. 말에 주술적인 힘이 있다는 믿음은 동서고금 있는데, 언령신앙(言灵信仰)이라고도 한다. '말이 씨가 된다.'는 한국 속담이 단적인 예다.

한국학중앙연구원에 따르면, 조선시대 새해 덕담은 이런 믿음을 바탕으로 확정형을 썼다고 한다. 즉 "올해에는 지병에서 완치되소서."가 아니라 "올해에는 지병에서 완치되셨다니 기쁩니다."하는 식이었다고 한다. 일종의 긍정적 예언을 하며 그 자기성취력을 기대하는 것이다.

사실 점집을 찾거나 점술 앱을 터치하는 사람들 중 다수는 경기침체, 학업 고민, 취업난 등등에 지친 마음을 달래줄 희망적인 예언, 기분 좋은 말을 듣고 싶기 때문일 것이다. 그렇다면 돈을 주고 불길한 말을 들을 위험을 감수하며 점술을 찾기보다, 신조들이 했던 확정형 덕담을 나누며 자기암시를 해보는 것이 낫지 않을까.

06

가지 않은 길에 대한 오해

정말 많은 사람들이 로버트 프로스트의 시 「가지 않은 길」을 사랑한다. 프로스트의 나라 미국 사람들도 사랑하고, 한국 사람인 나도 사랑하고, 우리나라 정치인들도 사랑해서 트위터에 날리고, 광고 카피라이터도 사랑하고……. 그런데 그만큼 잘못 해석되는 경우가 많다는 이야기를 들었다. 몇 년 전 이 시의 100주년을 맞아 뉴욕타임스의 평론가 데이비드 오어가 『가지 않은 길: 모두가 사랑하고 거의 모두가 오해하는 시에서 미국 찾기』라는 책을 냈을 정도로.

그렇다고 「가지 않은 길」이 난해한 언어로 쓰여 있는 건 아니다. 오히려 일상생활에서 가져온 상징을 쉬운 언어로 노래하는 프로스트의 특성이 잘 살아 있는 시다. 그런데 어떻게 대부분의 사람들이 잘못 해석한다는 것일까? 일단 시 전문 번역을 감행해 보았다.

가지 않은 길

로버트 프로스트 지음

문소영 옮김

노란 숲 속에 길이 둘로 갈라져 있었다.
안타깝게도 두 길 한꺼번에 갈 수 없는
한 사람의 여행자이기에, 오랫동안 서 있었다,
한 길이 덤불 속으로 구부러지는 데까지
눈 닿는 데까지 멀리 굽어보면서;

그리고 다른 한 길을 택했다, 똑같이 아름답고
아마 더 좋은 이유가 있는 길을,
풀이 우거지고 별로 닳지 않았기에;
그 점을 말하자면, 발자취로 닳은 건
사실 두 길이 비슷했지만,

그리고 그 날 아침 두 길은 똑같이
아직 검게 밟히지 않은 낙엽에 묻혀 있었다.
아, 나는 첫 길은 훗날을 위해 남겨두었다!
길은 계속 길로 이어지는 것을 알기에
내가 과연 여기 돌아올지 의심하면서도.

어디에선가 먼먼 훗날
나는 한숨 쉬며 이 이야기를 하고 있겠지:
숲속에 두 갈래 길이 있었다고, 그리고 나는 —
나는 사람들이 덜 걸은 길을 택했다고,
그로 인해 모든 것이 달라졌다고.

바로 이 마지막 연에만 사람들이 주목하면서 오해가 발생한다고 오어를 비롯한 평론가들은 이야기한다. "남들이 가지 않은 길을 가야 한다!"라는, 딱 자기계발서나 CEO 자서전에 단골로 나오는 교훈을 이야기하는 시로 착각한다는 것이다. 한국에선 중간 부분, 특히 두 번째 연의 번역이 틀리는 경우가 많아 그 오해가 더 굳어지곤 한다.

이 시를 제대로 이해하려면 마지막 부분 못지않게 중간 부분도 잘 봐야 한다. 사실 두 번째 연과 세 번째 연에서 화자(話者)는 그가 택한 길이나 가지 않은 길이나 "똑같이 아름답고" "발자취로 닳은 건 사실 두 길이 비슷"했으며, "그 날 아침 두 길은 똑같이 아직 검게 밟히지 않은 낙엽에 묻혀 있었다."라고 했다.

그렇다면 왜 화자는 마지막에 "사람들이 덜 걸은 길을 택했다."고 말하는 것일까. 평론가들은 그가 그 말을 하면서 "한숨"을 쉰다는 것을 놓쳐선 안 된다고 한다. 그는 사실 가지 않은 길에 대해서 미련이 남은 상태다. 하지만 자신이 택

조지 이네스,
「몬트클레어, 11월」(1893)

한 길이 "사람들이 덜 걸은 길"이었다고 기억을 윤색해서 자신의 선택에 자부심을 불어넣고 그걸로 위안 받고자 한다. 그러나 스스로 확신이 없기에 "한숨 쉬며" 이야기하는 것이다.

그렇다면 이건 잘못된 선택을 한 사람의 이야기일까. 그렇지도 않다. 선택의 갈림길에서 두 길은 똑같이 매혹적으로 보였고, 한 길을 택해서 거의 끝까지 걸은 "먼먼 훗날"에도 가지 않은 길이 더 좋았는지는 알 수 없을 뿐이다. 더구나 화자가 말하는 시점은 아직 그 "먼먼 훗날"이 아니라, 막 갈림길 중 한 길로 접어든 순간이다. 그는 "먼먼 훗날" 자신이 한숨을 쉬게 될 것을 예상하면서도 어느 한 길을 택할 수밖에 없었다. "두 길을 한꺼번에 갈 수 없는 한 사람의 여행자이기에." 그게 바로 우리의 삶이 아닐까.

그러니까 이 시의 제목인 '가지 않은 길'은 '남들이 가지 않은 길'이 아니라 '내가 가지 않은 길'이며, 이 시는 어느 길을 택하더라도 가지 않는 길에 미련이 생기는 인생의 아이러니에 대한 이야기다.

프로스트 자신의 말이 그것을 증명한다. 영문학자 윌리엄 프리차드가 쓴 『프로스트 전기』(1984)에 따르면, 프로스트는 이 시가 자신의 친구이며 또한 시인인 에드워드 토머스로부터 영감 받은 것이라고 말한 적 있다. 그들은 종종 함께 걸었는데, 토머스는 어느 길로 가든지 꼭 다 걷고 나면 다른 길로 갈 걸 그랬다고 후회하는 버릇이 있었다는 것이다.

이처럼 시 「가지 않은 길」은 사실 프로스트 자신의 말대로 습관적으로 선택을 후회하는 사람들에 대한 약간의 "농담"이기도 하다. 미국의 여러 광고에서 감동적인 음악이 흐르며 "나는 사람들이 덜 걸은 길을 택했다, 그로 인해 모든 것이 달라졌다."라는 시구가 떠오르는 것에 익숙한 사람들은 이 시의 진실을 알고 나면 맥이 빠지리라. 심지어 화를 내는 경우도 있다고 한다. 여자 교도소의 생활을 코믹하게 그려낸 인기 미국 드라마 「오렌지 이스 더 뉴 블랙(Orange Is the New Black)」의 한 에피소드에서 엘리트 계층 출신 주인공은 동료 죄수들에게 이 시의 진짜 의미를 설명했다가 "죽여버리겠다!"는 소리만 듣는다.

나는 그래서 이 시가 더 좋다. '남들이 걷지 않은 길을 걷는다!'는 우렁찬 광고 문구나 CEO 자서전 말씀보다 훨씬 깊고 은은한 울림을 지니고 있다. 인생은 선택의 연속이다. 어떤 길을 택하든 가지 않은 길은 단지 가지 않았기에 아름답다. 내가 밟지 않은 낙엽이 소복이 쌓인 채 저 멀리 떨어져 있기에 아름답다. 가지 않은 길에 대한 숙명적인 동경과 아쉬움도 우리 삶의 한 부분이다. 덧붙여, 그러니 가지 않은 길에 대한 아쉬움에 너무 빠지지 말고, 그저 아련한 그리움으로 남겨두고, 내가 선택한 길을 가라는 뜻도 있을지 모르겠다.

프로스트의 시를 읽을 때마다 이 시인보다 반세기 앞선

미국 풍경화가 조지 이네스의 그림 「몬트클레어, 11월」이 떠오른다. 프랑스 바르비종파의 영향을 받아 형태와 색조 변화가 부드럽고 미묘한 그림이다. 온통 노란 숲 속에 한 나그네가 소복한 낙엽을 밟고 서 있다. 그는 지금 프로스트의 시처럼 숲속의 두 갈래 길을 "눈 닿는 데까지 멀리 굽어보고" 있는 게 아닐까. 어느 길로 가야 할지 망설이면서.

우리의 인생도 이런 망설임과 선택의 연속일 것이다. 그리고 어느 길을 택하든, 가지 않은 길은 그 미지로 인한 신비와 아쉬움을 황홀한 안개처럼 두르고 저 멀리에 있을 것이다.

2부

불편하게

01

프로불편러가 될 수밖에

차분하게 아름다운 한 편의 시 같은 짐 자무시 영화 「패터슨」에 딱 하나, 불편했다기보다 약간 씁쓸했던 장면이 있었다. 시를 쓰는 버스 운전기사 패터슨(애덤 드라이버)이 강아지 마빈을 데리고 늘 하던 저녁 산책을 할 때, 좀 양아치스러운 십 대(?)들을 만나는 장면 말이다.

십 대들은 시끄러운 음악을 울리며 차를 타고 가다가 패터슨에게 마빈이 무슨 종이냐고 묻고 저거 도둑맞기 쉽다고 희롱조로 낄낄거린다. 패터슨은 언제나처럼 멀뚱하고 덤덤하게 대답을 한다. 그리고 (이 영화답게) 더 이상 아무 일도 벌어지지 않고, 그들은 각자 갈 길을 간다. 그저 잔잔한 맑은 흐름에 조그만 돌이 하나 떨어졌고 흐름은 원래대로 돌아갔다.

그런데 난 대체 왜 씁쓸했던 거지. 문득 패터슨이 애덤 드라이버처럼 190센티미터 가까운 키에 떡 벌어진 어깨에 해병대 출신인 유럽계 인종 남자가 아니었다면 (나는 백인이

영화 「패터슨」(2017)의
한 장면

라는 단어를 사실 좋아하지 않는다. 그 단어가 짧아서 어쩔 수 없이 쓰곤 하지만) 상당히 위협적인 장면이었겠다는 생각이 들어서였다.

애덤 드라이버야 걔들이 한꺼번에 덤벼도 다 이길 것처럼 생겼기 때문에 (스타워즈 새 시리즈에서 다스베이더의 후계자인 카일로 렌 아니신가.) 이 장면이 덤덤할 수 있었다. 그렇지만 그가 만약 여자였다면, 또는 남자라도 소수인종이거나 왜소했다면, 훨씬 긴장과 공포가 강하지 않았을까. 결국 아무 일도 안 일어나더라도.

그러니 영화 속 패터슨이 소박하고 지루하지만 또한 그토록 평화롭게 살 수 있는 것은, 물론 그 자신의 온화한 성품 덕분이 크지만, 또한 그의 타고난 성별과 인종, 신체 조건이 은근한 이점으로 작용하는 세상이라서도 그렇겠구나 하는 생각으로 이어져 조금 서글퍼졌다.

언젠가 한 덩치 큰 영어권 국가 남성으로부터 해외여행할 때 겁이 난 적은 한 번도 없었다는 말을 듣고 배가 아프게 부러웠다. 나는 외국에 출장이나 여행 가는 것을 좋아하면서도 갈 때마다 긴장한다. 범죄, 테러 걱정뿐만 아니라 아시아 여자에다 영어 발음이 후져서 무시당할까 봐도 긴장한다. 실제로 그런 일을 딱히 당한 적 없음에도, 매체를 통해 간접경험을 쌓아가면서 나는 그 걱정에서 자유로울 수가 없다.

국내 여행 중에, 그것도 대낮에 긴장하게 되는 경우도 있다. 2년 전 송광사에 갔을 때, 법정스님이 머물렀던 불일암을 향해 20~30분 걸려 고즈넉한 산길 '무소유길'을 걸어본 적이 있다. 블로그에는 그때 든 여러 생각과 감정 중 좋은 것들만 아름다운 사진과 함께 올렸다. 하지만 그때 사실 기분 좋게 길을 걷다가 어떤 부스럭 소리를 듣고 불현듯 극심한 불안에 사로잡혔다. 홀로 산행을 하던 여성이 범죄의 표적이 된 온갖 사건들이 떠올랐다. 그와 동시에 온화하게 아름다운 '무소유길'을 걸으면서도 이런 흉한 것들을 떠올려야 하는 현실에 대해서 분노가 치밀었다.

결국 그 소리가 들린 후로 '무소유길'이라는 이름에 너무나 어울리지 않는 폭풍 번뇌 속에서 폭풍 스피드로 암자까지 올라갔다. 아무 일도 일어나지 않았다. 헐떡거리며 당도한 암자 앞 대나무숲의 맑은 바람이 마음을 씻어주었고 대나무숲 그늘 너머 환한 햇빛이 마음을 따뜻하게 해주었다. 하지만 내 마음을 가장 안정시켜 준 것은 암자에 미리 당도해 있던 남녀 방문객들의 평범한 목소리였다.

그후 내게 '무소유길'과 불일암 하면 떠오르는 것은 대나무 숲의 맑은 바람과 그 너머 환한 빛뿐만 아니라 그때의 그 복잡한 감정과 생각의 경험이다. 아무 두려움 없이 그 길의 아름다움을 만끽하며 여유롭게 걸을 수 있는 조건을 갖춘 사람들 즉 건장한 남성들은 나 같은 사람들의 상대적 박탈감을 알기나 할까 하는 마음. 그런데 거기에 꼬리를 물고 일어나는 질문이 있다. 그럼 너는 네가 가진 조건에 대해 상대적 박탈감을 가질 사람들의 마음은 알고 있는가.

사실 내가 이제까지 험한 꼴 안 보고 별 탈 없이 살아온 데에는, 운도 작용했겠지만, 유리한 가정 환경에서 태어난 덕에 상대적으로 안전한 곳들만 돌아다녔고 학업과 직업의 길을 순탄하게 걸어온 덕도 있을 것이다. 내가 지금 사는 나라가 60여 년 전에 그랬던 것처럼 또 지금 시리아가 그런 것처럼 전쟁과 빈곤으로 고통받고 있지 않아서도 그럴 것이다. 이것들은 '내가 가진 것들'이 아닌가. 그러니 '내가 가지지 못한 것들'에 대해서, 인적 없는 산길을 혼자서 아무 걱정 없이 걸을 수 없는 것에 대해서, 내가 불평하는 것은 배부른 것은 아닐까. 과민한 것은 아닐까. 나는 입을 닥쳐야 하는 건 아닐까.

이에 대해 곰곰 생각하다가 내가 내린 답은 '아니오.'다. '내가 가진 것들'이 있다고 해서 '내가 갖지 못한 것들'에 대해 그저 입을 다무는 것은 세상을 변화시키지 못하기 때문이다. 여자 혼자 안심하고 돌아다닐 수 있는 세상을 만들기 위해, 비유럽계 인종들이 인종차별 받지 않고 돌아다닐 세계를 만들기 위해, 나는 내 불편함을 말해야 한다. 비록 그 변화가 산을 숟가락으로 떠서 옮기는 일 같더라도…….

그와 동시에 나는 내가 가진 것들 덕분에 겪지 않는 불

불일암으로 향하는 무소유길

편함에 대해서도 끊임없이 생각하고 말해야 한다. 사람들이 당장의 생계와 가정 부양을 위해 갑질과 모욕을 견뎌야 하지 않는 세상을 만들기 위해, 장애인이 마음 놓고 돌아다닐 수 있는 길거리를 만들기 위해, 그 밖의 수많은 것들에 대해.

참 피곤한 길, 프로불편러의 길이다. 하지만 이미 알았고 느끼니 돌이킬 수 없다. 난 계속 「패터슨」 같이 아름다운 영화에서도 문득 씁쓸함을 느낄 것이고 그것에 대해 생각할 것이다.

아, 그렇다고 짐 자무시 감독에게 "세상 한쪽에선 사람들이 전쟁으로 죽어가고, 이 도시에도 일상의 차별과 모욕을 경험하는 사람들이 많을 텐데 태평하게 일상의 아름다움을 찬미하는 영화를 만드는가." 식의 비평을 할 생각은 전혀 없다. 예전부터 여러 예술 작품에 대해 그런 종류의 비평을 종종 봐왔지만, 그런 식이라면 모든 문학과 예술은 획일화된 한 종류만 남을 것이다. 왜 세상에 추악한 부분이 많다고 해서, 그와 함께 엄연히 존재하는 아름다운 부분에 초점을 맞춘 작품을 만들면 안 되는가.

나는 아름다움과 평온을 보면서도 간혹 씁쓸함을 느낀다. 단지 이를 더 이상 '과민하다.'고 생각하지 않을 것이다.

02

피해자를 비난하는 심리

"물론 가해자가 나쁘지만 피해자도 좀 문제가 있다. 더 행동을 조심했어야지. 더 현명하게 처신했어야지."라는 식으로 말하는 사람들을 종종 본다. (사실 '많이' 본다.) 성폭행 사건에 특히 많고, 학교 폭력 등에도 그렇게 반응하는 사람들이 있다.

물론 그 중에는 가해자에게 공감해서, 자신도 잠재적 가해자이기 때문에 그렇게 말하는 사람들도 있을 것이다. 그건 뭐, 더 논할 것도 없이 나쁘다. 그런데 그게 아니라 자신이 잠재적 피해자 집단에 속하는데도 도리어 피해자를 비난하는 경우도 많더라. 결코 학교에서 힘이 강하지 않은데도 "학교 폭력 당한 애들은 자기가 바보 같이 굴어서도 그래." 라고 말하는 아이들이 있다. 성폭행 당한 여성에 대해 "자기가 조심했어야지. 당하면 자기만 손해인데."라고 말하는 여성들도 있다. 엄마와 누이와 여자친구를 무척 아끼고 잠재 성폭행범이 아닌데도 그렇게 말하는 남성들도 있다. 이건 왜 그럴까? '피해자'를 일종의 '패배자'로 경멸하는 강자숭배적 사고에 은연중에 세뇌됐기 때문일까?

더 큰 이유가 있는 것 같다. 꼭 피해자의 문제를 지적하고 넘어가는 사람들은, 그저 우연에 의해 자신도 피해자가 될 수 있다는 사실을 결코 인정하고 싶지 않기 때문에, 그건 생각만 해도 끔찍한 일이라서 그 가능성을 격렬히 거부해서 그런다. '내가 똑똑하게 굴고 조심하면 절대 저런 일을 당하지 않을 거야.' '내 사랑하는 아내, 딸, 엄마, 누이를 잘 조심시키면 절대 저런 일을 당하지 않을 거야.'라고 생각하기 때문이다. 아아, 그런데 정말 그렇다면 세상이 참 편했겠다. 부조리를 이야기하는 철학자들도 없었겠지.

그러고 보니 우리는 부조리극의 대명사 「고도를 기다리며」(1953)를 보지 못할 뻔했다. 1938년 사뮈엘 베케트의 가슴에 박힌 칼이 아슬아슬하게 심장을 비껴가지 않았다면 말이다. 그때 젊은 베케트는 친구들과 파리 밤거리를 거닐고 있었다. 낯선 남자가 그에게 다가와 돈 좀 달라고 추근대다가 갑자기 칼로 찔렀다. 매춘 호객꾼으로 일하던 남자였는데 베케트와는 그전에 일면식도 없는 사이였다. 베케트는 병원에 있는 동안 분노를 넘어선 황당함과 '대체 왜?'라는 질문에 사로잡힐 수밖에 없었다. 그래서 거동할 수 있게 되자마자 바로 감옥에 갇힌 가해자를 찾아가서 물었다고 한다. 가해자가 한 대답은 이것이었다. "나도 모르겠어요, 미안

합니다."

문학평론가들은 이 사건이 훗날 「고도를 기다리며」를 비롯한 베케트의 부조리극에 큰 영향을 끼쳤다고 한다. 세상은 불합리한 일들로 가득하다. 그 와중에 "뿌린 대로 거두리라."는 희망사항과 달리 인간은 종종 자신이 뿌리지 않은 사건의 희생자가 된다. 차마 삼키기 힘든, 가시 돋친 현실이다.

그래서 결코 인정하지 못하는 사람들도 있는데, 그것이 비틀려 표출되는 게 '피해자 비난(victim blaming)'이다. 아마 베케트 시대에 인터넷이 있었다면 그의 사건 뉴스에 이런 댓글이 나타났을지도 모르겠다. "찌른 게 물론 나쁘지만 피해자도 조심 좀 하지, 뭔가 자극하는 소리 한 거 아냐?" 베케트가 여성이었으면 이런 댓글도 달렸을지 모르겠다. "그러니까 왜 밤늦게 돌아다녀."

그런 심리에 대해 미국의 사회심리학자 멜빈 러너는 '공정한 세상 가설(the Just-World Hypothesis)'로 설명했다. 그에 따르면, 우리는 세상이 공정하게 돌아간다고 믿고 싶어한다. 하지만 그 믿음은 부당한 희생자를 볼 때 손상되어 버리고 우리는 불안에 빠진다. 이때 그 피해자가 뭔가 원인을 제공했을 것이라고 합리화해서 공정한 인과관계가 있다는 믿음을 유지하려고 애쓰는 경향이 있다는 것이다.

실제로 주변에 이런 식으로 꼭 피해자 지적을 덧붙이는 지인이 있다. 절대 나쁜 사람 아닌데 말이다. 그 사람에게 아침에 교복 입고 학교 가던 여학생이 성폭행 당한 사건 등등을 들려주며 "이건 피해자가 뭘 더 조심했어야 하냐?"라고 물어봤다. 한동안 침묵하다가, 그 다음엔 왜 괜히 그런 사건을 애기해서 자기 기분을 나쁘게 하냐고 화를 내다가, 그 다음엔 "그래, 세상이 참 똥 같다."라고 우울해 하더라.

지인을 우울하게 한 건 미안했지만, 우리는 세상이 참 똥 같다는 사실을 인정하기 싫어도 인정해야 한다. 그것을 알아야 참다운 대책도 있으니까. 이 똥 같은 일들이 벌어지는 똥 같은 세상을 그나마 낫게 만드는 것은 피해자를 비난하며 '나는 더 조심해야지.'라고 다짐하는 게 아니다. 가해자가 부당한 폭력을 저지르는 일이 조금이라도 줄어들게 하는 시스템을 만드는 것, 그리고 인식을 교육하는 것이다. 물론 개인적으로 조심해서 나쁠 건 없겠지. 하지만 피해자가 더 조심하지 못한 것, 더 현명하게 처신하지 못한 것을 지적하는 것은 쓸데없다. 아니, 쓸데없는 것을 넘어서서, 피해자에게 상처를 주고, 가해자에게 어떤 식으로든 힘을 주며, 잠재적 피해자들의 행동의 자유만 줄어들게 하는 나쁜 일이다.

"가해자가 물론 나쁘다, 하지만……"에서 제발 "하지만" 부터는 빼세요. 세상을 더 낫게 만드는 것에 아무런 도움이 되지 않아요.

03

타인의 고통에 대한 잔혹한 호기심

"지하철 선로로 떠밀린 이 남자, 죽기 직전이다 — 끝장이다."

2012년 어느 날, 미국 타블로이드판 일간지 《뉴욕포스트》 1면에 이런 헤드라인과 함께 충격적인 사진이 대문짝만하게 실렸다. 부랑자에게 떠밀려 선로로 떨어진 남성이 플랫폼으로 올라가려 안간힘을 쓰다 눈앞에 닥쳐온 전동차를 마주하는 장면이었다. 사건도 사건이지만 인간에 대한 일말의 존중도 없는 헤드라인과 사진에 나는 기가 막혀서 입을 딱 벌렸다.

이 뉴욕 지하철 사망 사건은 한동안 미국 전역을 들끓게 했고 피해자가 재미동포라서 한국에서도 비중 있게 보도되었다. 피해자가 선로에 떨어지고 나서 전동차가 들어오기까지 22초의 시간이 있었지만 플랫폼의 그 누구도 도우러 나서지 않았다는 사실에 사람들은 탄식하고 자성했다. 특히 《뉴욕포스트》에 이 사진을 판 프리랜서 사진가 우마르 압바시가 계속 셔터만 눌러대고 있었다는 사실에 많은 이들이 분노했다. 압바시와 《뉴욕포스트》는, 미국의 작가이며 철학자인 수전 손택(Susan Sontag, 1933-2004)이 지적한 "타인의 고통을 스펙터클한 구경거리로 소비하는 현상"에 끔찍스럽게 잘 들어맞는 예를 보여준 셈이다.

어떤 이들은 압바시를 「수단의 굶주린 소녀와 독수리」 사진으로 퓰리처상을 받고 얼마 후에 자살한 남아프리카공화국 출신 사진기자 케빈 카터에 비교하기도 했다. 그러나 내가 보기에 이런 비교는 카터에게 너무 가혹한 것이다.

카터가 찍은 사진에는 UN 식량보급소로 가다 지쳐 쓰러진 해골같이 앙상한 여자아이와 그 근처에 도사리고 앉아 마치 아이의 목숨이 끊어지기를 기다리는 듯한 커다란 독수리가 나타난다. 《뉴욕타임스》에 실린 이 충격적인 사진을 보고 많은 사람들이 소녀의 생사를 궁금해했으나 알 수 없었다. 그러자 사진을 찍은 후 독수리를 쫓았을 뿐 별다른 구호조치를 하지 않은 카터에게 비난이 쏟아졌다. 이런 저런 상황에서 카터는 서른세 살의 젊은 나이에 목숨을 끊었다. 그러나 함께했던 사진기자들의 증언에 따르면 그곳은 식량보급소 바로 옆이었고, 잠시 아이를 놔두고 식량을 타러 간 부모들이 많았기에 소녀의 부모도 근처에 있을 것으로 추측됐으며, 사진기자들은 곧 식량수송기를 타고 다시 떠나야 하는 상황이었다.

적어도 카터의 사진은 아프리카 기아의 참상을 어떤 텍스트보다도 강렬한 이미지로 전달해서 보는 사람이 각성하게 하고 도움을 생각해 보게 하는 힘이 있다. 물론 손택의 엄격한 시각에 따르면 이것도 "타인의 고통"을 소비거리로 전달하는 것에 지나지 않을 수 있다. 손택은 제3세계의 기아와 전쟁을 전하는 미국 다큐멘터리 사진이 거기에서 멀리 떨어진 안전한 나라의 중산층에게 잠깐의 값싼 연민만 일으킬 뿐, 오히려 '저런 곳에서 태어나지 않은' 자신들의 행복을 재확인하는 수단으로 소비될 뿐이라고 비판했다. 과연 틀린 말은 아니다. 그러나 카터의 사진을 보고 아프리카 구호기금에 관심을 가진 사람이 한 명이라도 있었을 것이고 그렇다면 이 사진은 보도사진으로서의 올바른 사명을 행한 것이라 할 수 있다.

반면에 《뉴욕포스트》 1면 전면에 실린 지하철역 희생자 사진은 무슨 메시지를 주는가? 이 사진이 사람들을 각성시키고 어떤 행동으로 인도하는가? 만약 피해자를 외면하는 플랫폼의 사람들에게 초점을 맞춘 사진이라면 어떤 의미가 있었을 것이다. 그러나 《뉴욕포스트》의 사진은 희생자와 그를 향해 돌진하는 전동차에 초점을 맞췄을 뿐이었다. 거기 담긴 메시지는 헤드라인 그대로 "이 남자는 곧 죽는다." 이것뿐이며, 그 속에 숨은 메시지는 "죽기 직전인 사람을 다들 구경해! 자세한 게 궁금해? 궁금하면 신문 사."이다.

그리고 실제로 거기에 끌려 신문을 사는 사람들이 있기에 《뉴욕포스트》는 이 짓을 계속하고 있는 것이다. 손택이 인용한 영국의 정치가이자 철학자 에드먼드 버크(Edmund Burke, 1729-1797)의 말 "사람들은 타인의 고통을 보면서 적지 않은 즐거움을 느낀다."가 소름 끼치게 울리는 순간이다.

그 후에도 《뉴욕포스트》는 아주 일관성 있었다. 2014년 이슬람 과격 무장단체 IS가 미국인 기자 제임스 폴리를 참수했을 때, IS대원이 희생자의 얼굴을 움켜잡고 목에 칼을 들이댄 참수 직전 사진을 대문짝만하게 1면에 싣기도 했다. 유족에 대한 일말의 배려 없이 선정성만 가득한 이 사진에 대해서 비난이 쏟아졌다. 하지만 쇠귀에 경 읽기일 것이다. 결국 그것을 소비하는 사람들이 있기 때문이다.

참수 동영상을 인터넷에서 찾아서 보고 공유하는 사람들도 국내외에 꾸준히 있지 않은가. 15년 전 김선일 씨 동영상부터 제임스 폴리 기자에 이어서 그 후에 희생된 사람들까지 말이다. 참수 동영상뿐만이 아니다. 2012년에 '나이지리아 화형'은 네이버 실시간 검색어 상위에까지 올라갔다. 나이지리아의 어느 마을에서 절도범으로 몰린 대학생들이 주민들에게 구타당하고 산 채로 불태워진 끔찍한 사건인데, 그 동영상이 유튜브에 올라오고 그것이 국내 뉴스에 보도되면서 찾아보는 사람들이 많았다. 당시에 그 사건 자체보다도 그 동영상을 많은 사람들이 찾아봤다는 사실에서 한 줄기 섬뜩함을 느꼈다.

동영상을 본 사람들 대부분은 잔인하거나 냉혹한 사람들이 아니다. 그들은 호기심에서 봤을 뿐이고 보고 나서는 후회했고 고통스러웠다고 말한다. 그 호기심을 전혀 공감하지 못할 것도 아니다. 에드먼드 버크도 "인간의 마음에서 최우선이자 가장 단순한 감정은 호기심이다."라고 말하지 않았던가.

그러나 문제는 그 동영상을 보는 것이 과연 피해자에 대한, 인간에 대한 예의인가이다. 대부분의 사람들은 가학적 쾌감 때문이 아니라 그저 궁금해서 본 것이리라. 하지만 피해자가 죽는 모습을 호기심을 해결하기 위해 본다는 것은 어떤 미사여구로 변명해도 결국 흥미를 위해, 호기심이 충족될 때의 일종의 쾌감을 위해 살인 장면을 구경하는 것이 된다. 궁극적으로, 손택이 말한 대로 "타인의 고통을 스펙터클한 구경거리로 소비하는" 것이 되고 마는 것이다.

IS의 잔혹함과 폭력성을 알기 위해 동영상을 본다는 말도 있으나 그것은 핑계에 불과하다. 이러이러한 사건이 있었다는 것을 텍스트로 읽는 것만으로도 충분히 알 수 있는 일이다. 결국 "이 죽일 놈의 호기심"이다. 사실 이 테러리스트의 정체를 밝혀야 하는 정보기관 사람이 아닌 이상, 영상까지 볼 필요가 없다.

오히려 그 동영상을 보는 것 자체가 폭력과 살인의 현장을 하나의 구경거리로 삼는 것을 용인하는 것이며, 죽은 피해자에 대한 모독, 나아가 인간성에 대한 모독이 될 수 있다. 제임스 폴리 기자의 부모는 미국 매체와의 인터뷰에서 사람들에게 아들의 참수 동영상을 보거나 소셜미디어에 공유하지 말아달라고 부탁하기도 했다.

그러니 아무리 호기심이 원초적 본능에 가까운 기본 감정이라고 해도 때로 접어둘 필요가 있다. 그 호기심으로 선정적인 폭력의 영상에 탐닉할 때 우리는 점점 그것에 무감각해지고 더 끔찍한 것을 구경거리로 찾는 비극을 초래할 수 있다.

04

오멜라스를 떠나는 사람들

'오멜라스'라는 도시가 있다. 아름답고 풍요롭고 평화로우며 시민들은 모두 건강하고 지혜로운, 그야말로 이상향. 그런데 사실 이 도시는 어떤 계약에 묶여 있다. 그 모든 좋은 것과 행복을 위해서 한 무고한 아이가 끔찍한 불행 속에 살아야 하는 것이다. 아이는 컴컴한 지하실에 홀로 갇혀 옥수숫가루로 연명하고 치워지지 않는 자기 배설물 속에서 살이 짓무르며 살아야 한다.

오멜라스 사람들은 모두 희생양 아이의 존재를 알고, 또 보러 오는 사람들도 있다. 아이를 본 사람들은 하나같이 괴로워하며 구해 주고 싶어 한다. 그러나 아이를 구해 주는 순간 도시 사람들이 누려온 행복은 깨어지게 되어 있다. 결국 대부분의 사람들은 어쩔 수 없다고 합리화하며 살아간다.

> "아이가 당하는 참담한 부당함에 그들이 흘리던 눈물은, 현실의 끔찍한 정당성을 느끼고 받아들이면서 말

라간다."

그러나 끝내 참지 못하는 사람들도 있다. 그들은 그 "행복의 도시"를 스스로 떠나 어둠 속으로 뚜벅뚜벅 걸어간다.

2018년 타계한 SF·판타지문학 거장 어슐러 르 귄의 단편 「오멜라스를 떠나는 사람들」(1973)의 내용이다. 이 우화 같은 이야기는 휴고상(SF·판타지문학계의 노벨상이라 불린다.) 단편부문을 수상했을 뿐 아니라 지금도 끊임없이 회자된다. 정치철학자 마이클 샌델의 『정의란 무엇인가』(2009)의 공리주의 비판 파트에서 '과연 다수의 행복을 위해 한 사람을 희생시킬 수 있는가'의 예로 제시되기도 했고, 또 방탄소년단의 「봄날」 뮤직비디오(2016)에 인용되기도 했다.

이 단편의 힘은, 한번 읽으면 오래도록 마음 한구석에 웅크리고 있다가 우리가 누리는 편리함, 즐거움, 아름다움 뒤에 드리워진 그림자를 발견할 때마다 튀어 올라와 뼈아픈 질문을 던진다는 것이다. 우리가 당연하듯 저렴하게 사용하는 편의서비스 뒤에 서비스직 저임금 문제가 있음을 알게 될 때, 1일 1치킨이 가능해진 게 잔인한 공장형 밀집사육 때문임을 알게 될 때, 그 밖의 많은 경우에, 그리고 최근 사건에서처럼 그 많은 올림픽 금메달로 국민적 자부심과 기쁨을 준 엘리트체육이 성적지상주의와 폐쇄적 구조로 선수 학대를 방치·조장하기 쉽다는 것을 알게 될 때……. '이 문제를

해결하기 위해 내가 누리는 것을 일정부분 포기할 수 있는가? 오멜라스를 떠날 수 있는가?'

쇼트트랙 국가대표 금메달리스트 선수가 용기를 내서 코치의 구타와 성폭행을 고발한 이후, 많은 이들이 선수를 응원하고 코치와 빙상연맹을 격렬하게 비난하고 있다. 부당한 일을 당한 피해자에게 마음 아파 하고 나와 상관없는 가해자(그리고 빙상연맹처럼 평소에도 미움 받던 권력 있는 집단)에 분노하는 것은 자연스럽고 쉬운 일이다. 그러나 그 피해자를 구하기 위해, 또는 더 이상의 피해자를 방지하기 위해 내 편의와 즐거움을 감소시키는 구조적 변화가 필요할 때 거기 동참하는 것은 생각처럼 쉽지 않다. 오멜라스 사람들이 결국 아이를 구하지 못하는 것처럼.

체육계를 투명하고 선수 인권이 존중되는 시스템으로 만들기 위해 우리는 한동안 국제대회 성적 저하라는 비용을 치러야 할지도, 금메달의 짜릿한 기쁨은 미뤄야 할지도 모른다. 그래도 그 정도는 감수하겠다는 사람들은 적지 않을 것이다.

그런데 또 하나, 사회전반의 성의식과 위계의식의 개혁을 감수해야 한다. 선수의 고발은 바로 최근 몇 년 간 정치·문화·종교계 및 사회 전반으로 퍼진 '미투 운동'의 연장선이다. 우리는 미투에 어떻게 대했나? 초기에는 충격에 휩싸여 피해자를 격려하며 가해자에 분노했지만, 미투가 사방에서 터져 나오고 인기 많던 연예인 몇몇이 자취를 감추고 우리 일상의 언어와 행동거지, 관습들이 문제가 되자 피로감을 외치는 사람들이 많아지지 않았던가? 심지어 석연치 않은 일부 사례를 부풀려 많은 확실한 피해자들을 포함한 미투 운동 전체를 폄하하거나 조롱하는 움직임도 나타나지 않았던가? 오멜라스 사람들이 도시의 행복과 평화를 깨기 싫어 부당한 희생양 아이에 대해 등을 돌린 것처럼.

그러나 오멜라스를 떠나는 사람들도 있다. 그것이 변화의 시작이다. 국가대표 선수가 "나 같은 피해자가 더 나오지 않도록" 고통을 감수하며 폭로한 것처럼, 이것은 선수 개인만의 일이 아니다. 체육계 전반, 나아가 사회 구조 전반의 개혁과 그로 인한 비용 감수를 필요로 하는 일이다. 코치에게 분노의 댓글을 날리는 일은 쉬운 정의감 충족이다. 사회 변화의 비용을 감내하는 것이 어렵지만 큰 정의를 실현하는 길이다.

05

'어머니의 심장 이야기'가 싫다

어릴 때 라디오에서 「어머니의 심장」이라는 이야기를 들었다. 이런 이야기였다.

한 남자가 어떤 여자를 미친 듯이 사랑하게 되었다. 어느 날 여자는 말했다. "당신이 정말 나를 사랑한다면 당신 어머니 심장을 내게 갖다 줘." 남자는 망설였지만 결국 어머니를 살해하고 그 심장을 빼서 사랑하는 여자에게 달려갔다. 그러다 발이 걸려 길바닥에 심하게 굴렀고 손에 들고 있던 어머니의 심장도 떨어져 길을 굴렀다. 바로 그 순간 어머니의 심장이 말을 했다. 과연 자신을 죽인 아들에게 무슨 말을 했을까.

어머니의 심장은 이렇게 말했다고 한다.

"얘야, 괜찮으냐. 다치지 않았니."

진행자는 잔잔하고 그윽한 목소리로 이 이야기를 끝맺고 잠시 여운의 시간을 두었다. '어서 감동해! 어머니의 사랑은 이렇게 절대적인 거야!'라는 것 같은 여운의 시간을. 그런데 내 마음은 복잡했다. 패륜이 용서되는 게 싫었다. 하지만 압도적이기도 했다. 엄마의 사랑은 정말 그렇게 크고 무조건적인 건가? 하긴 우리 엄마라면 이해할지 모르겠다. 늘 내가 맛있게 먹는 건 엄마 몫까지 다 내 앞으로 밀어 주고, 내게 뭘 해주겠다는 약속을 한 번도 어긴 적이 없는 그런 엄마니까.

하지만 엄마는 이야기를 듣더니 떨떠름한 표정으로 말했다.

"어……, 그건 좀 억지스럽지 않니. 얘기 자체도 억지스럽고, 나 같으면 그런 아들놈한테 그런 말 안 나올 텐데."

그때 알았다. 엄마도 사람이었다. 교과서에 나오는 엄마와 다를 바 없는, "짜장면이 싫다고 하셨어."라는 꼭 그런 엄마인 우리 엄마조차도 사람이었다. 아픔과 배신감과 분노를 느낄 줄 아는 사람. 단지 내게 사랑으로 인내하고 또 인내했을 뿐.

그 후 생각해 볼수록 「어머니의 심장」 이야기는 감동은 커녕 '극혐'이다. 난데없이 엄마 심장을 갖다 달라는 여자라니, 남자의 악행의 배후에는 요부가 있다는 고전적인 '여자 탓' 설정이잖아. 그런 요부와 대비되는, 자기를 죽인 자식조차 여전히 사랑하는 엄마는 전형적인 악녀 vs 성녀 이분법이고. 거기에다 비정상적 무조건적 모성애 압박에……. "어머니는 그렇게 다 용서하는 거야……."는 개뿔, 우리 엄마조차이 이야기 싫어한다고, 이 이야기 처음 지은 한심한 인간아!

모성애는 신화라고 한다. 아기를 낳았다고 해서 자동적으로 무조건적인 사랑과 희생정신이 솟구친다는 것은 허구라는 것이다. 아기를 낳고 돌보며 심신이 녹초가 되고 자기 시간이 따로 없게 된 한 지인은 자식을 무척 사랑하지만 때로는 자식이 자기를 파먹어 들어가는 것 같다고 했다. 그게 사실이다. 나도 그렇게 엄마를 파먹었으리라. 엄마는 끝없이 인내하고 자신을 채찍질하며 어머니가 되어갔으리라. 그래서 어머니 노릇을 하는 모든 어머니는 위대하다. 모성애가 신화에 불과하기에 더더욱 위대하다. 본능을 따라서가 아니라, 스스로를 다스리며 어머니가 되는 것이기에.

어버이날에 문득 든 생각이다.

06

고기를 좋아했건만

최근 몇 년간 여름마다 혼이 나갈 정도로 덥다. 그리고 꼭 이 뉴스가 나온다. 폭염에 폐사한 돼지가 수천 마리, 닭은 수백만 마리라고. 아마 전 같았으면 난 그저 수백만 접시의 황금빛 프라이드 치킨이 사라진 것을 안타까워하거나 농가 손실을 조금 걱정하는 정도에 그쳤을 것이다. 그러나 지금은 이 생각이 먼저 떠오른다.

'밀집 상태로 사육되던 동물들이 얼마나 숨막히게 더웠을까. 얼마나 고통스럽게 죽어갔을까.'

제레미 리프킨의 『육식의 종말』이 번역된 지도 10년이 훨씬 넘었고, 공장식 대량 가축 사육의 잔인성과 환경파괴에 대한 사회적 목소리도 조금씩 커져왔다.

하지만 갈비와 고기완자와 닭튀김을 너무도 사랑하고 대량생산 덕에 그것을 우리 조상보다 훨씬 적은 비용으로 먹을 수 있는 것에 행복해하던 나는 애써 그 소리에 귀를 닫아왔다. 그러던 내가 (채식주의자까지 될 의지는 없지만) 육식을

김미루, ‘The Pig That Therefore I Am’
시리즈 중에서 「IA 2」(2010)

불화 「시왕도」에서
다섯째 폭 염라왕 부분.(고려 후기)

줄이기라도 해야겠다고 점점 생각하게 된 건 몇 점의 미술 작품이 내게 충격을 주고 그 잔상이 뇌리에 박히게 되면서이다.

첫째 작품은 김미루 작가의 사진 연작 「The Pig That Therefore I Am」. 미국 돼지 농장에서 작가 자신이 나체로 돼지들 사이에 섞여 들어가 촬영한 작품인데, 작가를 찾는 것이 마치 숨은 그림 찾기 같다. 그만큼 '인간이 과연 돼지와 얼마나 다른가?'는 작가의 질문이 분명히 드러난다. 한때 의대 대학원으로 진학하려 했던 작가는 돼지 해부 실습을 하면서 돼지의 몸이 여러 면에서, 특히 소화기관에 있어서 인간의 몸과 아주 닮은 것에 충격을 받아 이 작품을 착안했다고 했다.

작가는 촬영 당시에는 집중하느라 못 느꼈지만 촬영이 끝나고 냄새를 참을 수 없어서 몸에 식초도 붓고 치약까지 동원했는데 3일간 냄새가 안 빠졌다고 했다. 그러면서 작가가 덧붙인 말을 지금도 잊을 수 없다.

"돼지가 원래 그런 게 아니에요. 방목 상태의 돼지는 그렇지 않아요. 저렇게 현대의 산업화된 돼지 농장에서 좁은 공간에 비정상적으로 많이 돼지를 몰아넣고 키우기 때문에 냄새가 심한 겁니다. 인간을 저렇게 좁은 공간에 몰아넣고 살게 한다고 생각해 보세요. 아마 냄새가 더 심할걸요. 서로 죽일지도 모르죠."

둘째는 고려불화대전에서 본 「시왕도」 중 염라대왕 그림. 눈을 부릅뜬 염라대왕 앞에서 저승의 옥졸이 죽은 이의 머리채를 잡아 신비로운 거울 업경(業鏡)에서 생전 죄상을 보도록 하는 장면이다. 거울에 떠오른 건 생전에 소를 몽둥이질하던 모습이다. 놀랍게도 그 옛날 주요 죄목으로 그림에 선택된 것이 동물학대였던 것이다.

그렇다면 고려시대 실제로 동물을 죽이는 일을 삼갔을까? 궁금해서 찾아보니 12세기 초 송나라 사신 서긍이 쓴 『고려도경(高麗圖經)』에 따르면 고려인들은 "부처를 좋아하여 살생을 경계하기 때문에" 고기를 즐기지 않고 도살도 싫어했다고 한다. 그래서 사신에게 대접할 고기요리를 장만하기 위해 도축을 할 때도 너무 서툴렀다고 서긍은 불평했다.

그 후 고려 말 몽골의 영향과 조선시대 불교의 쇠퇴 등으로 고기요리가 발달하게 됐다. 그럼에도, 동물의 생명을 존중해 육식을 자제하는 전통이 사찰 밖 민간에서도 우리의 긴 역사의 한 부분에 분명히 있었던 것이다. 고려의 대문장가 이규보는 농사에 큰일을 하는 소를 먹는 게 옳지 않다고 여겨 쇠고기 끊기에 들어갔고 몇 차례 실패 끝에 (그만큼 쇠고기의 유혹은 강렬하다.) 성공한 다음 시를 지어 자랑스러워하기도 했다.

셋째는 최선 작가의 설치 작품 「자홍색 족자」. 길이 22미터, 너비 2미터의 거대한 족자에 '돼지 354,678 돼지 354,679

돼지 354,680…' 하는 식으로 '돼지'라는 말이 일련번호와 함께 반복적으로 자홍색 잉크로 인쇄돼 있는 작품이다. 원래 도살당하는 돼지 피부에 자홍색 잉크로 일련번호를 찍는다고 한다. 이것은 2010~11년 구제역 사태 때 생매장된, 즉 아직 살아 있는 상태에서 비명을 지르며 굴착기에 떠밀려 구덩이에 파묻힌 330만여 마리의 돼지를 나타낸 것이다.

문자와 숫자로 기호화된 돼지조차 330만 마리가 모두 들어가려면 20미터가 넘는 종이가 필요한 것이다. 그렇다면 우리 인간에게 영문 모르고 생매장당한 돼지들의 실제 물리적 부피는? 전염병 때문이었다지만 애초에 대량사육 시스템이 아니었다면 이렇게 많이 죽을 일이 있었을까? 그리고 만약 이번에 폭염으로 폐사한 닭들과 돼지들의 일련번호를 찍는다면 또 얼마나 거대한 족자가 만들어질까?

이러한 작품들의 이미지가 중첩되고 불쑥불쑥 재생되면서 나는, 아주 점진적이지만, 예전보다 고기를 덜 찾고 덜 먹게 되었다. 여전히 채식주의자가 될 생각은 없지만, 역사적으로 과거보다 훨씬 과다한 인류의 육류 소비를 줄이는데 조금이라도 보탬이 되기를 바라면서, 그래서 공장식 가축 대량사육 시스템이 바뀌기를 바라면서 말이다.

요즘 폭염의 배후로 지구온난화가 거론되고 있는데, 이미 10년 전에 UN 식량농업기구는 지구온난화의 주요 원인 중 하나로 비대화된 축산업을 지목했다. 소와 돼지의 분뇨

최선, 「자홍색 족자」(2012)

등에서 나오는 메탄가스가 이산화탄소보다도 더 강한 온실 효과를 내기 때문이다. 결국 인간은 고기에 대한 과욕으로 지구온난화를 가속화하고 그 대가로 다시 인간 자신과 동물을 폭염에 희생시키고 있는 게 아닐까.

07

차마 두고 갈 수 없어서?

몇 년 전 인터넷에 이런 1인칭 시점 이야기가 떠돌았다. 화자(話者)가 어린아이였을 때 엄마가 '좋은 곳에 가자.'며 손을 잡아 끌기에 신이 나서 따라나섰다. 하지만 두 사람이 철도 건널목 앞에 이르자 엄마는 멈춰 서서 화자의 손을 잡은 채 우두커니 서 있었다. 곧, 기차가 달려오자 엄마는 잡은 손에 갑자기 아프도록 힘을 주었다. 엄마는 그렇게 아이 손을 부들부들 꽉 잡은 채 기차가 다 지나갈 때까지 있다가 손 힘을 풀었다. 다음 기차가 오자 엄마는 또 다시 손에 힘을 주었고 기차가 가자 힘을 풀기를 반복했다. "그때 그 힘준 손의 감촉이 기억에 남아 있어, 지금도 사람과 손을 잡는 게 싫다."로 이야기는 끝난다.

'이해하면 무서운 이야기'라는 제목으로 떠도는 이야기였지만 무섭다기보다 슬프고 가슴 아픈 이야기였다. 아이를 데리고 기차에 뛰어들려 했던 그 엄마의 상황과 심정은 얼마나 절박했을까. 하지만 그 순간에 영문을 모르면서도 엄마의 고통과 갈등과 두려움을, 잡은 손을 통해 고스란히 느끼던 그 아이의 마음은 어땠을까. 다행히 엄마가 포기하고 돌아왔기에 아이는 성장해서 글을 썼겠지만, 누군가와 손을 잡는 게 싫은 트라우마가 생겼을 만큼 그 순간은 아이에게 지옥이었다. 묘사가 생생해서 실화 같은데, 허구라고 해도 누군가의 경험담에 바탕을 둔 사실적 허구가 아닐까 한다.

제주도에서 익사한 엄마와 세 살배기 어린 딸 사건을 들었을 때, 이 이야기가 겹쳐지며 슬프고 괴로웠다. 하지만, 바닷가 도로 CCTV에 찍힌, 엄마가 아이를 이불에 감싸 안고 바다로 향한 계단을 내려가는 모습에서 "차마 어린 딸을 두고 갈 수 없었던 모정이 느껴졌다."라고 쓴 몇몇 뉴스 기사는 무척 불편했다. "자식 둔 부모라면 이해가 갈 것이다.", "아이가 살아봤자 얼마나 고생하겠냐."라는 댓글들이 많은 호응을 받는 것도 걱정스러웠다.

새벽 두시 반, 어린 딸을 이불에 꼭 감싸 안은 채 차가운 바닷바람을 맞으며 검고 막막한 바다를 향해 걸어가는 엄마의 모습. 상상만 해도 눈물이 난다. 그 엄마의 마음을, 그 심연을, 나도 감히 헤아릴 수 없다. 하지만 그 아이는? 아이는 건널목에 선 그 아이처럼 무서웠을 것이다. 아이는 살고 싶었을지도 모른다. 게다가 엄마 없는 삶이 결코 쉽지 않겠지만 평생 힘들게 살 것이라 단정할 수 없다. 설령 아이가 나중에 삶이 고통스러워 '엄마, 그때 나도 데려가지 그랬어.' 하고 원망하더라도 그건 그 아이가 스스로 감당하고 판단할 몫이다. 엄마가 그 판단을 미리 대신할 수 없고, 삶의 선택권을 미리 빼앗을 수 없다.

그런데도 아이의 삶을 책임진다는 명목으로 아이의 기본권인 생명권과 선택의 자유를 빼앗는 것을 미화하는 언론과 사람들이 아직도 적지 않다. 여전히 아이를 부모의 소유물이나 분신으로 보는 집단주의적 가족주의가 강하기 때문일까, 아니면 친부모가 아닌 사회에 의한 양육을 철저히 불신하기 때문일까?

"부모들은 자녀를 자신의 일부로 생각해서 자녀를 다루는 데 법이 간섭하는 것을 경계하곤 한다. 그러나 아이가 이 세상에 존재하게 해놓고 그 아이가 먹고살 가망 없이, 또 정신 함양을 위한 가르침과 교육 없이 두는 것은 그 아이와 사회에 도덕상의 범죄를 저지르는 것이다. 부모가 그 의무를 다하지 못하면 국가가 책임지고 의무가 이행되도록 해야 한다. (중략) 국가는 빈곤 가정이 학비를 대도록 돕고, 필요하다면 전액 지원해야 한다."

일찍이 19세기 영국의 철학자·정치경제학자 존 스튜어트 밀은 이렇게 말했다. 고전이 된 『자유론』(1859)에서 한 말이다. 정치적·사상적·경제적 자유주의의 대표 사상가가 국가의 가정사 간섭과 교육 지원을 주장하다니? 사실 그의 논리에 어긋난 얘기가 전혀 아니다.

밀에 따르면, 누군가의 자유를 제한할 수 있는 유일한 경우는 그가 타인에게 해를 끼치는 경우다. "아이는 부모의 일부가 아닌 엄연한 개인"이며, 부모가 아이를 학대하거나 (책임진다고 살해하는 것은 물론이고) 양육의무를 방기하는 건 다른 개인을 해치는 것이 되니 국가가 개입해야 한다는 것이다. 그리고 부모가 부득이 의무를 다할 수 없으면 국가가 분담해야 한다는 것이다. 아이들이 인간답게 살 기본적 기회를 확보해야 성인이 되어 참된 자유를 행사할 수 있기 때문이다.

하지만 국가가 정책 전반에서 퍼터널리즘(paternalism : 아버지로서의 선의의 간섭)에 빠져서는 안 된다고 자유주의자 밀은 경고했다. 자유의 기본원칙은 '너에게 좋은 일'이라도 성인인 상대가 원치 않으면 강제할 수 없다는 것이다. '어버이 같은 나라님'의 통제를 당연시하는 유교 전통이 아직도 강한 우리나라에서는 이 원칙이 종종 무시되지만 말이다. 밀은 아무리 현명한 정부라도 결코 완전할 수 없기에 개개인의 자유에 맡겨 다양성이 꽃피게 해야 한다고 봤다. 다만 각 가족의 부모 역시 불완전한 존재이기에 그들이 아이에게 해가 될 때는 국가가 개입해야 한다. 즉 밀이 원한 건 '가족 같은 사회'가 아니라 '가족과 짐을 나눠 지는 사회'이며 '사회로 열린 가족'이었다.

기자 출신 사회운동가 김희경의 『이상한 정상가족』

(2017)을 읽을 때, 밀의 지적과 통하는 부분이 많다고 느꼈다. 『이상한 정상가족』은 가족이기주의는 강하면서 가족 내 폭력, 자율성 억압, 일방적 희생 등에는 둔감한 우리 현실을 다룬 책이다. 저출생을 걱정하는 나라에서 가족 내 아동학대는 줄지 않고, 무거운 사교육 부담에 아이와 부모 모두 괴로워하며 갈등이 깊어간다.

그 원인으로는 유교 가부장주의 전통 탓도 있지만, 국가가 사회안전망 없이 고속성장을 추진하면서 환자와 노인 부양, 교육 등 사회가 보장했어야 할 일을 가족에게 떠넘겼기 때문에 "믿을 건 가족뿐"이 된 탓이 크다고 저자는 이야기한다. 게다가 회사 등 여러 사회집단이 그 가족주의를 받아들여서 오지랖, 헌신 강요, 권위주의가 판을 치지만 그렇다고 사회보장을 해주진 않는다는 것이다. 저자의 해결책은 "가족의 짐을 나눠 지는 사회", 저자가 지향하는 것은 책의 부제처럼 "자율적 개인과 열린 공동체"다. 밀의 견해와 상통하지 않는가.

이렇게 변화된 사회라면 "차마 두고 갈 수 없어서"라는 이유로, 아이를 사랑해서 끝까지 책임진다는 이유로, 부모가 아이의 생명권을 박탈하는 비극적이고 폭력적인 일이 줄어들 수밖에 없을 것이다. 나 아니더라도 사회가 아이를 책임져 줄 것이라는 신뢰와 안심이 있을 테니까. 또 아이는 내 소유물이 아니니 내가 그 아이의 운명을 함부로 할 수 없다는 인식도 강해질 테니까. 각자의 인식 개선과 사회안전망 개선은 함께 맞물려 돌아가야 하는 것이다. 건널목의 엄마와 아이 이야기, 밤 바닷가의 엄마와 어린 딸 이야기 같은 비극이 사라질 날을 간절히 소망한다.

08

"틀을 깨라!"가 이상하게 쓰일 때

"네가 문학에서 벽을 마주하는 이유는 틀을 깨지 못해서 그렇다. 탈선을 해야 한다."

자신이 문예창작을 가르치는 미성년 제자들을 성폭행한 게 드러나 대법원에서 8년 징역형을 받은 배용제 시인이 그 학생들에게 했다는 말이다. 지금 몇 년째 폭로되고 있는 문화계 성폭력에서 이와 비슷한 말을 성폭력의 도구로 활용한 가해자들이 참 많다. '틀을 깬다.'는 말이 성폭력 작업을 위한 '틀에 박힌' 문구가 된 셈이다.

이게 참 추한 이유는, 첫째, 권력을 비웃고 위계를 전복하는 것을 가치로 내거는 문학예술인들이 자신이 가진 권력과 위계는 참 잘도 이용했다는 것이고, 둘째, '틀을 깬다.'는 현대 문학예술의 전위 정신을 겉껍질만 받아들였다는 것이다. 작품에서부터, 여성을 타자화·대상화하는 과거 남성중심주의 시선의 틀은 못 깨면서 그저 폭력적이고 일탈적인 성을 다루는 것을 파격과 혁명이라고 착각하는 경우가 많았다.

"왜 한국영화는 늘 같은 얘기, 남성이 폭력으로 여성을 강간하는 얘기만 다루는가?"

1987년도 낭트영화제 한국영화 특별회고전에서 프랑스 기자들이 이런 질문을 던졌다고 한다. 영화평론가 유지나 교수가 파리 유학 시절에 통신원으로서 쓴 기사에서 나온 이야기인데, 요즘 그 캡처본이 인터넷을 돌고 있어서 알게 됐다. 보는 순간 묘한 데자뷔를 느꼈다. 2000년대 초 다른 영화평론가와 기자들이 쓴 국제영화제 기사에서도 외국 기자들이 "한국영화에는 왜 이렇게 강간 장면이 많은가?"라고 묻더라는 것을 여러 번 봤기 때문이다. 불편한 문제를 도발적으로 제기하는 영화들로 넘치는 국제영화제에서, 또 그런 영화들에 익숙한 외국 기자들이, 과연 왜 이런 질문을 했을까?

내가 한국 현대사 공부를 위해 본 김홍준 감독의 「장미빛 인생」(1994)과 장선우 감독의 「꽃잎」(1996)도 그랬다. 80년대 심야만화방을 배경으로 소외된 인간군상을 다룬 「장미빛 인생」에서 주인공 깡패가 만화방 마담을 강간하는 것은 서투르고 비틀린 사랑으로 표현된다. 5·18 광주 학살의 후유증을 다룬 「꽃잎」에서 막노동자 장이 미친 소녀를 여러 번 강간하는 것은 세상과 자기자신에 대한 혐오에서 나온 장의 분풀이 및 야수적 본능 분출, 그리고 한국현대사가 소녀에게 가한 폭력의 메타포로 설명된다.

하지만 거기에 여자들의 목소리는 없었다. 까칠해도 결국 포용하고 인내하는 모성(마담)이나 떨어지는 꽃잎 같은 스러짐의 미학을 선보이는 희생자(소녀)로서 자기 목소리 없이 여성의 몇몇 정형을 재생산하며 미학적 도구로 활용되고 있었다. 특히 「꽃잎」의 소녀는 적나라하게 벗겨져 강간 당하는 것 외에는 미친 오필리아만큼 고전적이면서 오필리아만큼의 자기 대사도 없었다. 그 철저한 타자화와 객체화, 그리고 '파격적인 미학'의 영화 치고 여성상은 참으로 진부한 것이 못내 불편했다. 그러나 '예술영화의 아우라'에 눌려 그 불만의 소리를 크게 내지르지 못했다.

'미투' 고발의 대상이 된 김기덕 감독은 또 어떤가. 그의 영화에서 여러 여주인공은 창녀 겸 성녀였다. 남성의 폭력을 견디며 아낌없이 주는 나무처럼 몸을 내주어서 자기혐오에 빠진 남성을 위로하고 구원하는 역할이었다. 성녀/창녀 이분법을 넘어서 그 둘을 합쳐 놨으니 파격이라고 찬양하는 이들도 있었다. 그러나 여성을 창녀도 성녀도 아닌, 스스로의 욕망과 고통에 충실한 한 인간으로 보고 싶은 이들에게 김기덕식 여성 묘사는 파격이 아니라 지겨운 성녀/창녀 프레임의 때깔 좋은 변주에 불과했다. 게다가 여성을 그렇게 철저히 타자화·도구화하는 태도가 누군가의 현실 성폭력의 밑밥이 될 수 있다는 우려도 있었다. 결국 그게 기우가 아닌 것으로 드러났고.

성과 폭력은 우리 인간사의 일부이기에 예술이 그것을 다루는 것은 지극히 당연하다. 문제는 그 태도와 방식이다. 거의 100년 된 단편소설인 현진건의 「불」(1925)은 지금 읽어도 신선하고 또 불편하다. 성에 무지한 채 시집을 간 시골 소녀에게 일방적인 부부관계가 얼마나 무시무시한 폭력으로 느껴지는지, 왜 소녀가 방에 불을 지르게 되는지 뛰어나게 묘사되어 있기 때문이다. 여기에서 여성은 타자화되지 않는다. 이 단편의 불편함은 세상에 질문을 던지는 문학의 특권이자 의무로서 의미 있는 불편함이다. 반면에 다른 많은 남성 작가의 문학과 영화에서 성폭력의 대상인 여성은 '아름답게 스러지는 희생자'가 아니면 이효석 단편에 나오는 분녀처럼 겁탈을 즐기게 되는, 남성의 복화술을 통해 말을 하는 인형에 불과했다.

문화계 성폭력 폭로와 관련해 문학평론가 오민석 교수는 한 칼럼에서 이렇게 말했다. 예술가의 '주색잡기'나 '일탈적' 삶을 치열함의 외피로 포장하던 시대는 끝나 가고 있으며 그것은 "여성을 주권과 인권을 가진 '사람'이 아니라 타자화된 '사물'로 대하는 태도"에 공분하는 시대가 왔기 때문이라고. 특히 다음의 말이 인상적이었다.

"누군가 문학을 영원한 '아나키즘'이라 부른다면, 그

것은 좁은 의미의 정치적 무정부주의가 아니라 문제의 손쉬운 해결을 거부하는 '끝없는 질문태'로서의 문학을 지칭하는 것이다. 이것은 '봉건적 퇴행'과는 근본적으로 다른 것이다."

그의 칼럼은 문인들이 현실생활에서 저지르는 성폭력에 초점을 두고 있었지만, 문학·예술작품에도 적용될 수 있다. 성폭력뿐만 아니라 철저히 객체화·타자화된 여성을 향해 '성적 일탈'을 하는 작품들에 대해 내가 그간 느껴왔던 독특한 역겨움의 본질을 이제 좀 더 잘 알겠다. 파격과 혁명으로 포장된 작품이 사실 여성 타자화의 진부한 틀은 못 깨면서 힘의 위계를 이용해 퇴행적인 약자 성 착취를 하는 난장에 불과하다는 것을 어렴풋이 느끼면서도, 창작과 표현의 자유에 시비를 거는 꽉 막힌 사람이 될까 봐 비판을 삼가며 느껴야 했던 그 불편함과 혐오스러움을.

불편한 성이 진정한 파격과 전복이 되려면 사회와 젠더 권력에서의 약자가 객체가 아니라 주체가 되어야 한다. 뒤에 리뷰를 실을 아카데미 작품상 수상작 「셰이프 오브 워터」의 주인공인 언어장애 청소부 여성처럼 말이다. 반면에 젠더와 사회적 위계에서 얼마든지 일방적이고 폭력적인 성적 '일탈'을 할 수 있고 또 이미 장막의 뒤에서 그 짓을 하던 인간이 작품에서 그걸 고뇌와 혁명으로 포장하면 썩은 냄새를 풍기게 될 뿐이다.

물론 현실의 성폭력이 아닌 이상 그것을 강제로 막아 표현의 자유를 침해해서는 안 될 것이다. 하지만 '예술'의 아우라에 눌려 그걸 야유하지 못했던 건 옳지 않았다. 마음껏 야유하고 비판해야 한다. '틀을 깬다.'는 겉껍질을 쓴, 사실은 틀에 박힌, 여성 타자화가 더 강화되지 못하도록, 그래서 현실에서의 문화계 성폭력에 밑밥이 되지 못하도록.

3부
엉뚱하게

01

기품 있는 19금, 어른을 위한 「미녀와 야수」

영화 「셰이프 오브 워터」가 2017년 아카데미 작품상을 수상했을 때, 갸웃거리며 이렇게 말하는 지인들이 있었다. 주인공 일라이자(샐리 호킨스)가 매일 연구소에 출근하기 전에 목욕하면서 자위를 하는 장면, 또 연구소에 잡혀온 인어 같은 괴생명체와 정신적으로뿐만 아니라 육체적으로 사랑을 나누는 장면이 불편했다고. '그 장면들만 빼면 참 아름답고 서정적인 영화일 텐데.'라고. (여기서 잠깐, 아마존 강 부족들에게 신으로 숭배 받았다는 이 괴생명체는 수생 야수, 양서인간, 인어왕자, 생선남 등등으로 다양하게 불리는데, 이 글에서는 편의상 '야수', '어류남', 또는 '그'라고 부르겠다.)

하지만 만약 그 장면들이 빠지면 이 영화는 오히려 뻔한 영화가 될 것이다. 외로운 주인공이 사악한 정부나 기업 연구소에 끌려온 외계인 혹은 동물과 교감하고 우정을 나누고 탈출시키는 영화는 이미 많이 있으니까. 이 영화가 그들과 다른 점은 관능적인 로맨스라는 점, 영화의 배경인 어둡

제임스 진의 「셰이프 오브 워터」
포스터와 구스타프 클림트의
스토클레 저택 벽화(1905-1909) 중 「성취」 부분 습작

고 잔인한 현실이 그 절박한 에로스의 감각을 더 날카롭게 한다는 것, 그래서 정말 '어른을 위한 동화'라는 점이다.

그러면서도 이 영화는 십여 년 전 서점가에 유행하던 삼류 '잔혹동화'(실상은 그림 형제 동화 시대를 배경으로 한 야설)로 전락하지 않았다. 감독 기예르모 델 토로가 성(性)의 존재는 분명하게 하되 쓸데없이 디테일한 묘사를 삼가서 기품 있고 서정적인 에로스로 만들었기 때문이다. 또 주인공 일라이자를 힘 있는 캐릭터로 구축했기 때문이다. 여기에는 물론 샐리 호킨스의 연기력이 크게 공헌했다.

주인공 일라이자는 고아이며, 갓난아기 때 생긴 알 수 없는 목의 상처로 말을 못 하는 장애가 있으며, 여성이며, 가난하고, 연구소 청소부로 일한다. 정말 사회적 약자의 조건이란 조건은 다 갖춘 인물이다. 그런데도 이 이야기는 가련한 여인의 청승 떠는 러브스토리로 흐르지 않는다. 열악한 조건에도 불구하고 일라이자는 자존감이 단단하고, 스스로의 삶을 이끌어 나갈 능력과 그걸 즐기는 멋, 또 마음이 통하는 소수의 친구와 삶을 나눌 여유가 있기 때문이다.

영화 시작부터 그게 보인다. 일라이자는 아무 옷이나 걸치지 않고 나름의 스타일링으로 깔끔하게 차려입고 출근하고, 음악에 맞춰 춤추듯 걸음을 옮기고, 셋방 친구인 나이 든 게이 화가 자일스(리처드 젠킨스)에게 식사도 만들어 준다. 어디까지나 그런 일상의 일부로서 목욕할 때마다 자위를 하기도 한다. 한 인간으로서 욕망이 거세되지도 않았고 비정상적으로 강한 것도 아니고 그저 자연스럽게 존재하는 걸 스스로 인정하는 것이다. 제목에 편의상 '미녀와 야수'라고 했지만 특별히 미녀도 아니고 나이도 적지 않은 일라이자는 그래서 더욱 함부로 타자화, 대상화되지 않는다.

이러한 일라이자의 인간으로서의 면모를 폭군적인 연구소 보안 책임자 스트릭랜드(마이클 섀넌)는 알지 못한다. 성차별, 인종차별, 직업 차별, 부하 직원 괴롭히기, 괴생명체 학대 등을 골고루 하는 인물이니 일라이자를 한 인간으로서 알려고 하지도 않는 게 당연하다. 그는 조용하고 수동적인 여자에 대한 성적 판타지가 있고, 장애로 말을 못 하는 일라이자가 그런 줄로 착각하고 추근거린다. 그러나 일라이자는 모욕적인 언사를 하는 그에게 수화로 'fuck you'를 날린다. 그럼으로써 사회적 약자가 '네가 함부로 멸시할 사람도, 함부로 동정할 사람도, 함부로 타자화해서 엿 같은 판타지를 가질 대상도 아니다.'라는 것을 알려주는 것이다.

그런 일라이자가 택하는 연인은, 인간이 아니기도 하고 인간이기도 한 괴생명체 '야수'다. 디즈니 버전 「미녀와 야수」에서 개스톤의 구애를 물리치고 야수를 택하는 벨이 연상되기도 한다. 하지만 디즈니 버전이든 원작 동화든 「미녀와 야수」는 「셰이프 오브 워터」와 근본적으로 다른 지점이 있다. 일라이자는 「미녀와 야수」의 벨처럼 야수의 기괴한 모습에 몸서리치다가 그의 선한 내면을 알게 되어 사랑에 빠진 게 아니다. 일라이자는 처음부터 이 기묘한 '야수'가 아름답다고 생각했다. 그건 일라이자가 괴물과 그로테스크의 아름다움을 사랑해 온 델 토로 감독의 페르소나이기 때문이다.

일라이자는 '야수'의 내면을 알기 전부터 그의 외모에도 끌렸다. 물론 자신처럼 물을 좋아하는 고독하고 별난 존재라는 점에서, 또 영화 중에 말하는 것처럼 "그가 나를 바라볼 때 내 결핍이나 불완전함을 의식하지 않고 나를 있는 그대로 행복하게 바라보기 때문에" 정신적 교감을 느껴서도 그렇다. 하지만 우선적으로 일라이자는 '그'가 아름답다고 생각한다. 그 때문에 관객들이 어색하다고 지적하는 일라이자의 '야수'에 대한 급작스러운 사랑이 설명된다. 성애 장면도 마찬가지다. 미(美)라는 것은 육체의 오감으로 느끼는 것이기에 미묘한 육체적 욕망이 배제될 수 없으니까.

'야수'가 아름답다고 생각하는 것은 일라이자만이 아니다. 그를 살리고 싶어 하는 러시아 스파이 과학자(마이클 스툴바그)도, 일라이자에 이끌려 구출 작전에 투입된 화가 자일스도 이 '어류남'을 "beautiful"하다고(아름답다고) 표현한다. 사실 어류남은 여러 모로 수산 시장을 연상시키긴 해도 고대 그리스 조각처럼 훤칠하고 균형잡힌 근육질 체격을 갖추고도 있다. (델 토로가 디자인 팀에게 그는 괴물이 아니라 남자 주인공이니 최대한 섹시하게 디자인하랬다는 후문이다.) 더구나 그는 마음이 통하는 사람들에게는 몸에 광채를 내며 치유 능력도 보여준다.

반면에 스트릭랜드는 어류남을 흉측한 괴물이라고 부르며, 러시아 과학자를 보고는 "과학자는 예술가와 비슷해서 자기가 다루는 존재와 사랑에 빠진다."고 빈정거린다. 그런데 스트릭랜드의 이 말에 한 줄기 진실이 있다. 예술가와 과학자는 상통하는 데가 있다는 것, 둘 다 평범한 통념을 넘어선 넓은 시선으로 대상을 보고 뜻밖의 아름다움을 발견할 수 있다는 것 말이다.

일라이자는 화가 자일스처럼 예술가도 아니고 러시아 스파이처럼 과학자도 아니지만 풍부한 감수성과 열린 정신으로 낯선 아름다움을 찾아낸다. 다시 말하지만 일라이자는 기예르모 델 토로 감독의 페르소나다. 델 토로나 『마담 보바리』의 플로베르 같은 뛰어난 남성 작가들은 여주인공을 타자화하지 않고 같은 인간으로서 자기 자신을 투영한다. 플로베르는 엠마 보바리가 "나 자신"이라고 말하지 않았던가. 반대로 김기덕 감독이나 그런 종류의 문인, 영화감독들은 여성 캐릭터를 신비화하든 물건화하든 그 둘을 동시에 같이 하든, 철저히 타자화하는 것이다.

이 모든 것들 때문에 이 영화는 새로 쓰는 기품 있는 19금 '뷰티 앤 더 비스트'가 된다. 기존의 「미녀와 야수」와 다른 것은 남녀 주인공이 모두 뷰티 겸 비스트라는 것! 「셰이프 오브 워터」의 야수는 이미 일라이자의 눈에 아름답다. 그래서 마지막에 아름다운 왕자로 변신할 필요가 없다. (그는 마지막에 스트릭랜드와 맞설 때 아마존에서 신으로 숭배 받았다는 것에 걸맞게 위엄에 넘치기도 한다.) 그는 '비스트'인 동시에 '뷰티'다. 일라이자 역시 그렇다. 통상적인 미녀가 아니지만 매력이 넘치는 인간이며, 권력으로 굴복시킬 수 없는 은근히 대담한 '야수'이기도 하다. 「셰이프 오브 워터」는 21세기 어른을 위한 「미녀와 야수」인 셈이다.

한편, 대만계 미국 아티스트 제임스 진이 그린 「셰이프 오브 워터」 포스터를 보면, 마음 깊은 한구석에 놓아둔 채 잊고 있던 모든 감미롭고 우수에 찬 환상동화들이 문득 수면 위로 솟아오르는 것 같은 느낌이다. 그는 델 토로의 괴생명체 디자인을 바탕으로 연필과 목탄으로 포스터 그림을 그렸고, 포옹한 연인의 몸이 서로에게 녹아들 듯 얽혀 있는 것은 구스타프 클림트의 유명한 「키스」를 참고했다고 한다.

그런데 나는 클림트의 「키스」보다 제임스 진의 포스터 쪽이 더 끌린다. 「키스」의 연인은 이제 막 사랑을 시작한 단계 아닌가 싶다. 그러니 발치에서 꽃들이 화사하게 피어나고 바람에 둥실 뜰 것 같은 모습에 살짝 어색하게 오글거리지. 반면에 제임스 진의 연인은 사랑으로 인한 고통의 시간을 함께 나눠온 모습이다. 힘주어 끌어안은 팔들에서 그 무게가 느껴진다. 더 깊고 더 무겁다. 진짜 제임스 진이 영향 받은 클림트의 그림은 「키스」가 아니라 스토클레 저택 벽화 중 「성취」일지도 모르겠다. 도상이 많이 닮았다. 오랜 이별 끝에 재회했거나 오랜 이별을 앞두고 하는 것 같은, 그 고요하고 격렬한 포옹이 많이 닮았다.

02

새로운 어머니에 대하여

케빈(이즈라 밀러)은 지금 미성년 교도소에 있다. 그의 엄마 에바(틸다 스윈튼)는 살인마의 어미라는 욕설을 들으며 길 가다 빰을 맞기도 한다.

그런데 이 아들은 어릴 때부터 소시오패스 기질을 보였고 엄마와의 사이가 심하게 삐걱거렸다. 사실 자유로운 기질의 성공한 여행작가인 에바는 애초에 아이를 원하지 않았다. 덜컥 케빈을 임신한 후에 어쨌든 잘 키워보려고 아이 아빠와 가정을 이뤘다. 그런데 워킹맘으로 사는 것도 피곤한 판에 이 아들내미는 (나중에 태어난 둘째와 비교해 봐도) 유난히 계속 빽빽 울어대고 속을 썩였다. '너만 안 태어났더라면……'이라는 생각이 에바에게서 떠나지 않았다.

그렇다고 아이를 방치하거나 학대한 적은 없었다. 그러나 조숙하고 예민한 케빈은 엄마의 속마음을 감지했던 것 같다. 어린 나이에 벌써 "익숙한 것과 좋아하는 건 다르지. 엄마는 내가 그냥 익숙할 뿐이잖아?"라고 말하며 엄마를 효

과적으로 괴롭힐 일만 골라서 했다. 아빠 앞에서는 착한 아이인 척하면서.

이렇게 에바와 케빈의 모자관계는 끝없이 엇나가면서 악순환을 거듭했다. 이러한 과거의 회상이, 케빈이 뭔가 큰 범죄를 저지른 후인 현재와 교차하며 계속 나온다. 에바가 대체 어디서부터 잘못된 것인지를 더듬는 과정이라고 할 수 있다.

청소년 범죄가 심각한 이슈로 떠오른 우리나라에서 영화 「케빈에 대하여」의 이야기는 결코 낯설지 않다. 한국에서도, 영화의 배경인 미국에서도, 사람들은 청소년 범죄자가 불우한 가정과 잘못된 부모 탓이라고 생각한다. 많은 경우에 그렇기도 하지만, 언제나 그런 것은 아니다. 에바는 고전적인 의미의 좋은 엄마, 즉 본능적으로 자식을 사랑하고 희생하는 엄마는 아니었다. 하지만 부양과 교육의 의무를 다했고, 나쁜 엄마라고도 할 수 없었다. 결국 에바도, 관객도, 정확히 무엇이 어디서부터 잘못됐는지 끝끝내 알 수가 없다. 이것이 현실의 애매함이다.

그럼에도 에바는 어쨌든 범죄자의 엄마로서 책임을 진다. 그래서 이 영화는 무엇보다도 '엄마'의 이야기다. 한국문화계의 화두도 '엄마'가 많다. 문학 한류를 일으킨 소설 『엄마를 부탁해』, 텔레비전 드라마 「엄마가 뿔났다」, 영화 「마더」 등등. 이들은 엄마의 희생을 당연시하는 시각에 반기를

TILDA SWINTON
JOHN C. REILLY
EZRA MILLER
WE NEED
TO TALK ABOUT
KEVIN
UN FILM DE LYNNE RAMSAY

영화 「케빈에 대하여」

들거나 강렬한 모성애의 어두운 면을 비추는 식으로 모성신화에 도전했다. 하지만 등장하는 엄마들이 이미 그 모성신화에 부합하는 일방적 희생과 인고의 세월을 보냈다는 공통점이 있었다. 반면에 「케빈에 대하여」는 자아가 강하고 독립적인 엄마의 새로운 모성에 대한 이야기다.

파국이 일어난 뒤, 에바는 뉴스에서 종종 보이는 일부 청소년 범죄자 부모들처럼 "우리 애는 그런 애 아니에요, 쟤(피해자)가 자극했어요."라고 하는 식으로 아들을 감싸고 돌지 않는다. 에바는 아들의 악마성을 어릴 때부터 꿰뚫어 보아왔고 자신도 피해를 입어왔다. 그렇다면 정반대로 '나도 피해자야.'라고 외치며 멀리멀리 떠나는 것도 가능하지 않을까? 여행가 출신이니 어느 오지에서도 어렵지 않게 살 수 있을 것이다. 그러나 그는 도망치지 않는다.

에바는 피해자 보상금으로 재산도 다 내놓고, 간혹 마주치는 피해자 유족의 화풀이도 묵묵히 받아넘긴다. 그렇다고 자신을 한없이 낮추고 비굴하게 구는 것도 아니고, 의연한 태도를 유지하려 애쓴다. 그리고 정기적으로 아들을 면회 간다. 두 사람은 차가운 분위기로 마주 앉아 거의 말을 하지 않는다. 그래도 그는 계속 간다.

이것은 새로운 모성의 이야기다. 본능적이고 맹목적이고 감상적인 그런 모성이 아니다. 에바의 행동은 '내가 원하던 아이가 아니었지만, 나에게 끔찍한 상처를 준 아이지만,

어쨌건 내 분신임을 인정하고 책임을 진다.'는 것이다.

사실 케빈은 외모부터 성격까지 에바를 닮았다. 에바는 결코 소시오패스가 아니지만 예술적으로 민감하고 가끔 잔인해지곤 하는데, 케빈의 성격은 그것이 강화되고 비틀린 버전이었다. 케빈은 에바를 증오하면서 갈망했다. 오이디푸스 콤플렉스와는 또 다르다. 사람이 좋긴 하지만 상황을 겉핥기로 바라보는 아빠는 케빈의 안중에 없었다. 사랑이든 증오든 강렬한 감정으로 대면하고 자기를 봐주길 바란 인간은 오직 엄마였다. 에바는 거기에 제대로 응답하지 못했다고 스스로 느낀다. 그래서 그는 파국의 뒷자리에 도망치지 않고 남는다.

엄마와 자식의 관계는 가장 원초적인 인간관계다. 설령 미래에 결혼제도가 사라진다 해도 존속될 것이다. 그래서 모성의 진화와 그에 대한 탐구는 계속되어야 한다.

03

미친 세상에선 미치는 수밖에

2015년 아카데미에서 작품상, 감독상 등 10개 부문 후보에 오른 영화. 국제평론가협회(FIPRESCI)와 미국비평가협회(NBR) 선정 2015년 '올해의 영화.' 유서 깊은 프랑스 영화지 《카이에 뒤 시네마》가 선정한 2015년 10대 영화 중에서 예술 영화들 사이에 낀 유일한 액션 블록버스터……. 조지 밀러 감독의 「매드 맥스: 분노의 도로」가 거둔 성과들이다.

이 영화에 대해서 이미 좋은 리뷰가 많이 나왔다. 그러니 그 리뷰들에 이미 언급된 이 영화의 뛰어난 점들에 대해서는 굳이 여기서 자세히 쓸 필요가 없을 것 같다. 얄팍한 CG 액션이 아닌 아날로그 액션이 주는 거친 질감과 무게감, 모래폭풍이나 퓨리오사의 절규 같은 몇몇 장면들의 탁월한 시적 아름다움, 마초 액션과 페미니즘 코드의 절묘한 결합 같은 것들 말이다. 한마디로 「매드 맥스」는 군더더기 없이 질주하는 액션과 기묘한 풍경의 장관을 통해 주제를 임팩트 있게 전달하는 한 편의 영상시다.

여기에 내가 덧붙이고 싶은 것은 「매드 맥스」가 제목이 무색하지 않게 '미침'을 자연스럽게 구현한 몇 안 되는 영화라는 것이다. 사실 광기를 콘셉트로 내세우는 영화는 수없이 봐왔으나 안타깝게도 대부분 '중2병' 수준 광기였다. "나 미쳤으니까 말리지 마.", "아, 나 좀 특이해.", "이렇게 미쳐서 세상의 진부한 규범을 초월한 나, 짱 멋지지 않냐?"라고 외치는 것만 같은, 자아도취 물씬 풍기는 인위적 광기 말이다.

「매드 맥스」 첫 장면에서 맥스가 폼 잡고 서서 도마뱀을 씹으며 "내가 미친 건지, 다른 인간들이 미친 건지."라고 터프한 목소리로 말할 때만 해도, 또 하나의 중2병 광기를 보나 했다. 그러나 이건 영리하기 짝이 없는 조지 밀러 감독의 낚시였으니. 맥스는 곧이어 진짜 '미친놈'들인 워보이들에게 쫓기기 시작하고, 이때부터 맥스가 하는 모든 행동은 "매드" 맥스인데도 불구하고 매우 정상적이다. 구하지 못한 사람들의 환영에 시달리기는 하지만, 쓸데없는 기행 따윈 하지 않고 모든 상황에서 생존이라는 목표를 위해 지극히 합리적으로 반응하고 행동한다.

그나마 맥스가 좀 비정상으로 보일 때는 이동식 피주머니 신세가 되어 워보이 군대의 전투 자동차 앞에 매달려 가는 장면이다. 웬만한 사람 같으면 눈앞만 보며 정신이 오락가락할 상황인데, 그는 사방을 살피다 옆의 차를 보며 "야, 그거 내 차잖아!"라고 부르짖는다. 그리고 또 다른 장면에서는 정신 없는 상황에서도 워보이가 약탈했던 자기 재킷을 열심히 되찾아 입는다. 웃음이 나오는 뭔가 기괴한 장면이지만, 생각해 보면 이것 역시 물자가 절대 부족한 핵전쟁 이후 사회에서 자연스럽게 나오는 생존 행위라고 할 수 있다. 그러니까 맥스는 인간을 광기로 몰아넣는 시대에 딱 맞게, 딱 그만큼만 자연스럽게 미쳤다. (물론 맥스의 차와 재킷은 오리지널 매드 맥스 시리즈를 상기시키는 장치기도 하다.)

이 영화의 주된 '미침' 담당인 워보이들은 또 어떤가? 난 워보이들 나오는 장면에서 내내 웃었다. 그리고 웃으면서 한편으로 섬뜩했다. 미학에서 '그로테스크'는 웃음과 공포를 동시에 주는 뭔가 비틀린 것을 가리키는데, 워보이들은 이런 그로테스크의 정의에 딱 들어맞는다. 게다가 그들은 기괴하려고 맘먹고 기괴한 게 아니라서 더 기괴하다.

황폐화된 세상에서 비정상적인 교육을 받고 전사로 키워진 워보이들은, 속도와 폭력을 숭배한다. 이들이 엄숙하게 "8기통, 8기통"을 외치며 자동차 핸들을 들고 의식을 치르고 두 손을 모아 8기통(V8)을 상징하는 손동작을 경례처럼 하는 걸 보면, 속된 말로 그 '병맛'스러움에 웃음이 터지다가도 나치 소년대원들이 떠오르며 흠칫하게 된다. "Shiny and chrome(크롬처럼 빛나는)"한 상태가 되기 위해 입에 은색 스프레이를 뿌리고 적의 차로 뛰어들어 자폭하면서 "Witness me!(내 (용맹한) 행위를 지켜보고 증언하라!)"라고 외치

영화 「매드 맥스: 분노의 도로」

는 워보이. 그리고 그걸 태연히 바라보며 응원하는 다른 워보이들. 이 '미친놈들'을 보고 어이없어 웃다가도, 가미카제 소년병들, 알카에다 자살폭탄 테러리스트, 지금 이 시각에도 IS에 홀려 들어가고 있는 소년들이 생각나며 소름이 끼치고 또 한편으로 애잔하게 되는 것이다.

워보이들이 계속 외치는 말 "발할라에서 영생하리라!"는 실제 동서고금의 역사에서 소년들을 전투로 몰아넣는 종교적 세뇌 시스템을 단적으로 요약한다. 극장용 자막에서는 '천국'으로 번역했던데, 그냥 '발할라'라고 하는 게 더 좋았을 것이다. '친국'이 아주 틀린 번역은 아니지만, 감독이 굳이 '발할라'를 사용한 데는 의도가 있으니까 말이다. 발할라는 고대 북유럽 신화에서 최고신 오딘이 거처하는 전당이다. 중요한 건 그 전당에는 오직 전투 중에 죽은 전사들만이 들어갈 수 있다는 것이다. 질병으로 죽거나 늙어서 자연사한 자들은 들어가지 못한다. 싸우다 죽어야 최고신의 전당에 들 수 있다니, 젊은이를 전투로 내모는 세뇌도구로 얼마나 강력한가.

발할라에 가리라고 믿으며 고대 바이킹 전사들은 끝없이 죽이고 죽이다 죽임을 당함으로써 생을 끝냈고, 천국에서 일흔두 명 처녀에게 시중을 받으리라고 믿으며 오늘날 이슬람 극단주의 테러리스트들은 자폭 테러로 자신과 수많은 무고한 이들을 죽이고 있는 것이다. 이것은 우리 인류에게 처참한 비극이다. 그러나 저 멀리 안드로메다 외계인이 본다면 우리가 '매드 맥스'의 워보이들을 볼 때처럼, 살짝 섬뜩한 황당 코미디라고 생각할 것이다. 원래 세상사는 가까이에서 보면 비극이고 멀리서 보면 희극이니까, 그것도 미친 희극.

조지 밀러 감독에게 경의를 표하고 싶은 건, 이 비극이자 희극인 상황을 정교하게 균형을 잡아 묘사했다는 것이다. 워보이들(물론 우리의 스타, 기타 치는 빨간 내복 포함)들의 묘사에는 비장미와 공포와 어이없는 웃음이 놀라운 균형을 이루며 공존하고, 그들이 맥스와 퓨리오사와 벌이는 전투 액션에는 폭력의 처참함과 폭력의 쾌감이 아슬아슬하게 균형을 이룬다. 그리고 이 모순된 것들의 공존으로부터 정말 자연스러운 광기가 흘러나온다. 짐짓 멋있어 보이려는 광기, 광기를 위한 억지 광기와는 차원이 다른, 미친 세상에서 뿜어져 나오는 자연스러운 미침이다. 인위적으로 미친 척하는 영화들과 그 주인공들은 모두 「매드 맥스」에게서 진정한 광기를 한 수 배워야 할 것이다.

04

사랑을 거절할 권리도 있소이다

내가 '극혐'하는 3대 속담이 있는데, "아니 땐 굴뚝에 연기 나랴." "암탉이 울면 집안이 망한다." 그리고 "열 번 찍어 안 넘어가는 나무 없다."이다. 물론 이외에도 불쾌한 속담들이 유쾌한 속담들만큼 많겠지만, 이 셋이 유명세와 더불어 끼친 해악은 타의 추종을 불허할 것이다. 동서고금 모함과 거짓 소문으로 목숨을 잃거나 스스로 목숨을 끊은 수많은 사람들, 뜻을 펼치지 못하고 한 맺힌 채 숨죽여 살거나 모처럼 뜻을 펼치다 온갖 후려치기와 마녀사냥을 당한 수많은 여성들, 그리고 심한 경우 죽음에까지 이른 수많은 스토킹 피해자들을 생각해 보면 말이다.

몇 년 전 서울시의 한 남성 공무원이 동료 여성 공무원에게 성희롱에 가까운 애정 고백 문자를 퍼붓고 뒤를 밟는 등의 짓을 하다가 징계를 받은 사건이 있었다. 그때도 남성 공무원이 조사 당시 한 말이 딱 이거더라.

"열 번 찍어 안 넘어가는 나무 없다는 말을 믿었습니다."

파울루스 모렐스,

「베르툼누스와 포모나」(1625-30)

다행히 최근 몇 년간 일방적인 사랑으로 스토킹을 하는 게 범죄라는 인식이 확산됐지만, 몇십 년 전만 해도 "열 번 찍어……"는 우리나라에서 옳게 여겨진 속담이었다. 한국만 그랬던 것도 아니다. 일방적인 사랑을 미화하고 그 대상인 여성의 주체적 감정과 결정권은 무시하던 씁쓸한 과거의 흔적이 서구 문학작품에도 남아 있다.

그리스 신화의 집대성인 고대 로마 시인 오비디우스의 『메타모르포세이스(Metamorphoses: 변신 이야기)』(AD.8)에 나오는 베르툼누스와 포모나 이야기를 보자. 숲의 님페(님프) 포모나는 꽃과 과일나무 가꾸기에 여념이 없어서 구혼을 물리치곤 했고 남자들이 자기 정원과 과수원에 들어오지 못하게 했다. 포모나에게 반해 주위를 맴도는 많은 남자들 중에 계절의 신 베르툼누스가 있었는데, 그는 변신이 특기였다.

어느 날, 베르툼누스는 할머니의 모습으로 변신해 포모나의 과수원에 들어가 (음흉하게) 포모나의 뺨에 입을 맞추고는 "아이구, 아가씨, 포도 참 잘 키웠네." 하면서 환심을 샀다. 그러면서 슬슬 연애와 결혼을 부추기기 시작했다.

"그런데 아가씨, 생각해 봐요. 느릅나무 혼자 서 있고 저렇게 포도덩굴이 감겨 있지 않다면 느릅나무는 멋대가리 없는 잎사귀밖에 줄 게 없겠지. 또, 포도덩굴도 느릅나무가 없다면 땅 위에서 기는 신세겠지. 아가씨는 이 느릅나무와 포도덩굴에서 깨닫는 게 없어요? 배필을 얻어야 하지 않겠어요?"

이 장면을 그린 17세기 네덜란드 화가 파울루스 모렐스의 그림에서 할머니로 변신한 베르툼누스가 포도덩굴을 가리키는 건 이 구절 때문이다. 그런데, 이 양반, 눈은 지금 어딜 보는 거냐고…….

베르툼누스는 곧이어 이런 이야기를 늘어놓았다. 옛날에 아낙사레테라는 아름다운 여자가 어떤 남자의 사랑 고백을 무참히 거절했는데, 결국 그가 자살하자 사랑의 여신 베누스(비너스)가 아낙사레테에게 저주를 내려 돌로 만들어 버렸다고. 그러니 신들의 순리를 따라 남자를 받아들이되 구혼자 중에는 베르툼누스가 최고라고. 이야기를 마친 베르툼누스는 본래의 모습을 드러냈다. "포모나가 계속 거절하면 힘으로라도 굴복시킬 생각이었는데, 그럴 필요 없이 포모나도 베르툼누스의 이야기와 그의 아름다운 모습에 마음이 움직였다."는 게 결말이다. 포모나의 마음이 돌아섰으니 망정이지, 아니면 범죄 스토리가 될 판이었다.

일방적인 사랑을 미화하는 사고방식은 르네상스 시대까지 이어졌다. 근대 소설의 선구자인 조반니 보카치오의 단편 소설집 『데카메론』(1351)에 이런 이야기가 있다. 부유한 귀족 청년 나스타조는 더욱 신분이 높은 파올라에게 사랑을 거절당한 후 자살 충동에 시달리고 있었다. 그러던 어느 금요일, 그는 숲을 거닐다가 충격적인 장면을 목격하게 됐다.

벌거벗은 낯선 여인이 말 탄 기사와 사냥개들에게 쫓겨 다니다 결국 기사의 칼에 찔리고 개들에게 물어 뜯겨 죽는 것이었다.

놀란 나스타조가 여인을 구하려고 하자 기사가 상황을 마치 정지 화면처럼 멈추고 설명했다. 자신들은 사실 이미 죽은 혼령들인데, 생전에 기사는 여인에게 사랑을 거절당한 후 자살했고 여인은 그 거절에 일말의 후회도 없이 얼마 후 죽었다고 했다. 그것이 저주가 되어 두 사람의 유령은 이렇게 금요일마다 쫓고 쫓기기를 반복한다는 것이었다. 「베누스 탄생」으로 유명한 초기 르네상스 거장 산드로 보티첼리가 나스타조 이야기를 4개 장면 한 세트의 그림들로 남겼는데, 이 장면이 아주 잔혹하게 묘사되어 있다.

그러자 한 가지 묘안이 떠오른 나스타조는 금요일에 그 숲에서 야외파티를 열고 파올라와 그 부모를 초청했다. 시간이 되자 다시 쫓고 쫓기는 기사와 여인의 유령이 나타났고 경악한 파티 손님들에게 기사의 혼령이 다시 자초지종을 들려주었다. 이걸 보고 겁에 질린 파올라는 결국 나스타조의 사랑을 받아들여 두 사람은 결혼했다는 게 결말이다. 해피엔딩이랍시고 나오는데, 맙소사, 이게 파올라에게도 해피엔딩일까?

하지만 과거에도 여성의 주체적 결정권을 존중한 진보적인 소설이 있었다. 바로 현대인에게 가장 많이 사랑 받는 고전 중 하나인 『돈키호테』(1605)다.

돈키호테와 산초가 방랑하다 어느 양치기 청년의 장례와 맞닥뜨린다. 그는 아름답고 부유한 독신주의 여성 마르셀라 때문에 상사병을 앓다 숨을 거둔 청년이었다. 그 말고도 많은 남자들이 마르셀라에게 반해 상사병을 앓고 있었다. 이때 마르셀라가 나타나자 사람들은 모두 그에게 비난을 퍼붓는다. 앞서 『메타모르포세이스』와 『데카메론』의 논리대로라면 마르셀라는 저주를 받아 돌이 되거나 죽어서 양치기 청년의 귀신에게 영원히 쫓겨 다녀야 마땅할 터. 그러나 마르셀라는 당당하고 논리정연하게 항변한다.

> "진정한 사랑은 스스로 마음에서 우러나야지 강요해서 되는 것은 아니라고 들었습니다. 그럴진대, 왜 오로지 누군가 나를 사랑한다 말했다는 이유로 내 뜻을 억지로 굽혀 그를 사랑해야 한다고 하는 겁니까? (…) 나는 자유롭게 태어났고 자유롭게 살아가기 위해 고독을 선택했습니다. (…) 나는 그것을 그에게 이야기했습니다. 욕망이 희망으로 지탱된다고 한다면, 나는 그리소스토모(상사병으로 죽은 청년)에게 아무런 희망도 준 적이 없으므로, 나의 잔인함이 아니라 그 자신의 집착이 그를 죽인 것입니다."

그러자 돈키호테는 엄숙한 목소리로 "마르셀라는 명확하고 충분한 논거를 들어 자신이 그리소스토모의 죽음에 아무런 책임이 없음을, 그리고 어떤 구애자의 소망에도 굴복할 뜻이 없음을 보여주었소. 이 여성을 따라다니고 귀찮게 굴기보다 경의를 품고 찬탄해야 마땅하오."라고 선언한다. 그리고 원치 않는 구애로 마르셀라를 괴롭히는 자는 가만 두지 않겠다고 으름장을 놓는다

『돈키호테』는 놀라운 '현대성'을 갖춘 소설로 연구되고 있는데, 그 현대성에는 이것도 포함될 것이다. "열 번 찍어 안 넘어가는 나무 없다."고 생각하는 사람들은 400년 전 세르반테스의 생각보다도 더 케케묵은 생각을 하고 있는 셈이다.

05

「보헤미안 랩소디」가 준 선물

대학교 때 난 퀸의 정규앨범을 모두 소장하고 있으며 사람들이 잘 모르는 2집 「Queen II」와 3집 「Sheer Heart Attack」 앨범을 특히 좋아한다는 '덕후'로서의 자부심에 넘치고 있었다. 넘치는 '부심'을 주체하지 못하고 급기야 어느 날 "요즘 게나 고둥이나 퀸 좋아한다고들 한다. 겨우 히트곡 몇 개 알면서."라고 퀸 정교회 사제라도 된 듯 일갈했다. 그러자 당시 썰렁한 농담을 많이 해 펭귄이라 불리던 김모군이 "다행이다. 게와 고둥만 있고 펭귄은 없어서."라고 했다. 그 순간 뭔가 미안하면서도 민망했고, 그 후 배타적 팬 자부심의 우스움을 서서히 깨달아 망발을 삼가게 되었다.

2018년 영화 「보헤미안 랩소디」가 한국에서 뜻밖의 열풍을 일으키며 거의 1000만 관객을 모았을 때, 저런 추억과 함께 여러 생각이 일어났다. 퀸을 몰랐다는 후배가 영화를 봤다며 내게 추천 앨범을 물었을 때 감개무량함과 함께 문득 든 생각은 '이래서 디즈니가 자꾸 클래식 애니메이션의 실사판을 만드는구나.'였다.

사실 2017년에 「미녀와 야수」 실사판이 나왔을 때, 왜 굳이 리메이크해서 탁월한 원작 애니메이션(1991)의 아우라를 해치나 싶었다. 그런데 내게는 '인생 영화'인 그 애니메이션을 어린 세대 중에는 모르는 이들도 많다는 걸, 오히려 영화를 보고 애니메이션을 찾아보는 이들도 많다는 걸 나중에 깨달았다. 아무리 훌륭한 작품이라도 여러 매체로 재탄생하며 계속 사람들 사이에 널리 이야기되지 않으면, 세대를 넘기며 서서히 잊혀져 전문가의 논문과 마니아의 비전(秘傳)으로만 남겠구나 하는 생각이 들었다. 「보헤미안 랩소디」는 그렇게 세대 간 이야기판을 깔아준 영화였다.

사실 개봉 첫날 아이맥스 영화관으로 달려가면서도 퀸 팬으로서 걱정이 앞섰다. 영화가 후질 경우 울화가 치밀 마음의 각오까지 미리 하고 갔다니까. 예고편에 나오는 배우들의 외모가 실제 퀸 멤버들보다 못해 보인 게, 특히 라미 말렉이 프레디 머큐리의 당당한 모습에 비해 뭔가 불쌍해 보이는 얼굴인 게 걱정에 한몫했다. 하지만 영화가 끝날 때 큰 선물을 받은 느낌이었다.

일단 연기에서 너무 똑같아서 위화감이 없더라. 프레디 머큐리의 제스처는 물론 브라이언 메이가 기타 칠 때 입을 약간 벌리는 디테일까지. 그 결과 프레디 역의 라미 말렉은 2018년 아카데미 남우주연상을 수상했다. 또 음악도 적재

적소에 배치됐다. 실제 마스터 테이프에 남겨진 프레디의 보컬을 대부분 사용하고 부분적으로 프레디와 95퍼센트 싱크로율로 유명한 캐나다 가수 마크 마텔의 보컬을 사용했다고 하는데, 듣기에 위화감이 전혀 없었다. 라미 말렉의 립싱크도 완벽했고.

사실 영화 자체로서는 평론가들의 짠 점수가 이해 갈 만큼 지나치게 단순, 무난한 게 사실이다. 화려한 무대와 달랐던 프레디의 고독에 마음이 울리도록 이야기를 이끌어 가면서, 그의 명암에 대해 불편할 정도로 파고들지는 않아서, 딱 나 같은 퀸 팬들이 흡족할 만하더라. 영화로서는 약점이다. 하지만 전설적인 밴드에게 바치는, 이야기와 음악이 섞인 일종의 독특한 트리뷰트 콘서트로 본다면 훌륭했다. 퀸 팬도, 몰랐던 사람도 다 함께 이야기할 수 있게 되고, 무엇보다도 막판에 벅차올라 떼창을 할 수 있게 해주는 콘서트 말이다.

그리고 영화를 통해 퀸의 특성이자 매력인 혼종성(hybridity)이 더욱 빛을 발했다. 록에 그치지 않는 음악의 장르적 혼종성, 프레디 머큐리의 양성적 목소리와 인종적·성적 혼종성. 그것이 남녀노소 각자 다른 이유로 퀸에 열광할 수 있게 해주었다. 세대별·성별·이념별로 갈가리 분열돼 있는 이 나라에서 함께 이야기하고 노래하게 해준 것이다. 퀸 팬으로서 이게 한 가지 선물이었다.

사실 내가 별세 날짜를 정확히 기억하는 예술가는 프레

디 머큐리뿐이다. 셰익스피어나 도스토옙스키나 빈센트 반 고흐나 조지아 오키프처럼 좋아하는 예술가들도 그 기일을 계속 기억하지 못한다. 그런데 유일하게, 해마다 11월 24일이 다가오면 프레디 머큐리를 떠올린다. 아마도 그의 별세 당시 너무나 충격을 받았으면서도 오히려 충분히 슬퍼해 주지 못했기 때문인 것 같다.

그때 한창 퀸의 음악을 열심히 듣기 시작한 때라 그의 갑작스러운 죽음은 날벼락과도 같았다. 하지만 지금보다 훨씬 보수적이고 에이즈에 대한 편견이 심했던 그때 '범생이' 아이였던 나는 프레디의 병명이 에이즈였던 것과 그가 죽기 하루 전까지 그 사실을 밝히지 않았다는 것을 이해하기 어려웠다. 그 사실이 너무 싫고 속상해서 일부러 그의 죽음에 대해 많이 생각하지 않으려 했다.

그리고 몇 년이 흐른 다음 어느 날 「보헤미안 랩소디」를 듣다가 갑자기 얼굴을 감싸고 울었다. 이런 음악을, 왠지 모르게 내게는 장려하고 찬란한 고딕 대성당처럼 느껴지는 음악을 남긴 그가 지금은 이 세상에 없다는 것을 상기했기 때문에, 내 평생 그를 콘서트에서 직접 볼 수 없다는 것을 깨달았기 때문에……. 그리고 무엇보다도 그가 떠났을 때 충분히 슬퍼해 주지 못한 것이 마음 아팠다. 그 아픔은 그의 기일이 올 때마다 엷게 물결친다. 그의 기일이 있는 달에 개봉한 「보헤미안 랩소디」 영화를 보면서, 그리고 떼창을 하면서,

그 아픔이 다소 다독거려지는 느낌이었다. 이게 「보헤미안 랩소디」가 내게 준 또 하나의 선물이었다.

06

왜 우리 명절은 재미없을까

추석, 설보다 크리스마스, 핼러윈을 좋아하는 사람들을 개탄하는 글이 해마다 인터넷에 올라온다. 그런데 그에 대해 반박하는 목소리도 소셜미디어에서 해마다 커진다.

"외국 명절은 볼거리, 즐길 거리가 있는데, 우리 명절은 차례 지내고 먹는 일밖에 하는 게 없어서 재미가 없다."

"차례 음식 만드느라 뼈빠지게 일하고 그다음엔 친척 잔소리 듣는 게 다잖아."

그런데 이렇게 재미없고 스트레스 받고 살만 찌는 게 과연 한국 명절의 전통일까? 그렇지 않다! 조선 후기 명절 풍속을 집대성한 홍석모의 『동국세시기』(1849)를 보면 흥미진진한 놀이와 아름다운 볼거리로 가득하다. 예를 들어 사월 초파일에는 연등 축제가 열려 집집마다 마치 크리스마스트리 세우듯 기둥을 세우고 형형색색 등을 주렁주렁 달았다고 한다. 또 저잣거리에는 특히 기묘한 등들이 진열돼 "구경꾼들이 담장처럼 둘러쌌다."고 한다.

"연등 행사가 있는 날 저녁에는 으레 야간 통행금지를 해제하기 때문에 온 장안의 남녀가 초저녁부터 남산과 북악의 산기슭에 올라가 등을 켠 시내 광경을 구경한다. 혹 어떤 이들은 퉁소나 거문고를 들고 거리를 돌아다니며 논다. 그리하여 서울 장안은 사람으로 바다를 이루고 불야성이 된다."

이렇게 현대인의 축제와 다를 바 없었고, 그래서인지 부활한 연등 축제들은 내국인과 외국인 모두에게 폭발적인 인기를 얻고 있다. 등 축제 개최를 두고 지방자치제들 사이에 쟁탈전이 벌어지기도 했다. 나 역시 불교신자가 아니라도 신비로운 모양에 발그레하고 은은한 빛을 뿜어내는 전통 등을 좋아해서 석가탄신일 즈음이 되면 연등회를 구경하러 절에 가곤 한다. 전통이 재미있으면 하지 말래도 하는 것이다

『동국세시기』에 따르면 추석도 본래 축제일이다. 농번기에 한숨 쉬어 가면서 "닭 잡고 술 빚어 온 동네가 취하고 배부르게 먹으면서 즐기는" 날이었지, 조상 제사상 차리는 게 주된 행사가 아니었다. 국립민속박물관과 성균관에 따르면 조상의 기일에 지내는 기제사와 달리 명절에 지내는 차례는 사람들이 즐겁게 먹고 놀면서 그 김에 조상께도 간단히 인사하는 것이다. 따라서 차례상도 간소해서 술과 과일, 포 정도에 송편 같은 절식 하나만 추가해 올렸다고 한다. 떡 벌어

진 차례상을 안 차려도 되니 모두 쉬고 놀 수 있었다.

실학자 정약용의 아들 정학유가 지은 19세기 초 「농가월령가」를 보면, 심지어 추석은 며느리가 휴가 가는 날이었다. 곱게 차려입고 고기, 떡, 술을 선물로 챙겨 들고 친정으로 가는 것이다.

> "초록장옷 반물(짙은 남색)치마 장속하고 다시 보니 여름지어 지친 얼굴 소복(원기회복)이 되었느냐. 중추야 밝은 달에 지기 펴고 놀고 오소."

현대 한국인이 점점 전통명절에 냉담해지는 건, 오히려 모두 놀고 즐기는 날이라는 진정한 전통이 사라졌기 때문이다. 본래 축제는 사회 통합을 위한 종교 의례가 기원이기도 하지만, 네덜란드 문화사학자 요한 하위징아가 『호모 루덴스』(1938)에서 말한 대로, 인간의 놀이 본능이 문화로 표현된 것이기도 하다. 그런 놀이 본능을 무시하고, 방송에서도 마치 명절이 민족주의 의례를 위한 날인 것처럼 "민족 고유의 명절"과 "정성 들여 치르는 차례"만 강조하니, 소셜미디어에서는 해마다 "명절이 없어졌으면 좋겠다."라는 소리만 늘어나는 것이다.

게다가 우리 조상들도 과도한 노동을 필요로 하는 의례가 지속불가능하다는 것은 알고 있었다. 그와 관련해서 옛

구전민담에는 영리한 며느리가 불합리한 시집살이를 뒤집어 놓는 이야기가 적지 않다. 국문학자 최운식 교수는 그런 민담을 모아 논문을 쓰기도 했는데, 그중 이런 이야기가 있다.

옛날에 한 까다로운 양반이 살았는데, 며느리를 들이자 매일 이른 아침에 의복을 단정히 하고 문후를 드리라 시키고 하루라도 제대로 못하면 내쫓았다. 그렇게 여러 명의 며느리를 내쫓자 더 이상 그 집안에 시집가려는 처녀가 없었다. 그런데 한 노처녀가 자청해서 시집을 가서는, 시아버지가 먼저 조상을 모신 사당에 참예한 후 며느리의 문후를 받는 게 도리가 아니겠느냐고 말했다. 반박할 말이 없던 시아버지는 그때부터 꼭두새벽에 의관을 정제하고 사당에 참예하게 되었는데, 때는 마침 겨울이어서 찬물에 세수하고 사당 앞의 눈을 쓸어야 하는 등 죽을 지경이었다. 결국 며칠 후에 시아버지는 며느리의 아침 문후를 그만두게 했다.

그러나 제사가 다가오자, 양반은 또다시 까다로운 제사 준비를 명하며 며느리를 괴롭히려 들었다. 그러자 며느리는 한 술 더 떠 옛 가례 책을 줄줄이 읊으며 다음과 같이 해야 한다고 했다.

제사에 쓸 쌀은 물론 간장, 된장까지 추수 때부터 따로 챙겨두어야 함. 제물 구입은 하인을 시키지 말고 제주(祭主) 즉 시아버지가 직접 가서 최상품으로 사와야 함. 제사 음식은 주부(제주의 아내, 즉 시어머니)가 목욕재계하고 직접 만들

봉은사의 석가탄신일 연등 전시회

어야 함. 제주는 저녁때부터 제상 앞에 꿇어앉아 있다가 음식이 준비되는 대로 직접 진설해야(차려야) 함. 또한 제사 지내기 전에는 술과 안주를 입에 대도 안 됨.

이번에도 반박할 말을 찾지 못한 시아버지는 그대로 하다가 너무 힘들어서 두 손 들고, 며느리 편한 대로 제사를 치르라 했다.

이 민담만 봐도, 하인 없이 큰 제사를 치르는 건 고역이었으며, 남성도 제사 준비에서 해야 할 일이 많았음을 알 수 있다. 이미 여러 학자들이 말한 사실이다. 또한 의례를 중시한 옛 조상들도 너무 고된 의례, 한쪽만 일방적으로 고생하는 의례는 불합리하고 지속 가능하지 않다는 걸 이 민담을 통해 말하고 있었던 것이다.

게다가 앞서 말한 것처럼 명절 차례는 기제사와 달라서 간단하게 지내는 게 전통인데, 여자들은 끝없이 전 부치고 남자들은 텔레비전이나 보다가 다 차려진 차례상에 절만 하는 명절 풍경은 대체 어디에서 비롯된 것일까? 이게 고쳐져야 오히려 차례와 명절의 전통이 지속 가능할 것이다. '다 함께 먹고 놀고 즐기는 날'이라는 명절의 근본 의미로 돌아가면 더 쉬워진다. 차례를 극도로 간소화하고 집 밖에서 축제를 즐기는 시간이 늘어나도록 변해야 하는 것이다.

07

크리스마스트리의 쓸모

내게 크리스마스트리는 아주 중요한 문제다. 어릴 때는 12월이 되자마자 집에 트리가 세워지지 않으면 세상이 무너지기라도 할 것처럼 엄마아빠를 재촉했다. 트리가 완성되면 신이 나서 계속 주변을 맴돌았고, 밤에도 갑자기 침대에서 나와 트리가 잘 있는지 보러 가곤 했다. 그 관성이 남아서인지 이제 이렇게 나이를 먹었는데도, 그리고 싱글이라 트리 세워달라고 보챌 아이도 없는데도, 게다가 이다지도 게으른 성격임에도, 12월이 되면 크리스마스 트리를 꾸민다. 커다란 전나무에 꾸미기 귀찮아서 허브 식물에 꾸미는 요령을 부리고 있긴 하지만.

예전에 크리스마스에 선물 받은 조그만 허브인데 무럭무럭 자라서 이제는 테이블에 올려놓기도 버거운 커다란 덩치가 되었다. 오오, 장하다. 몇 년 전부터 어엿한 크리스마스트리 역할을 하고 있는데, 딱 하나 아쉬운 게 전구장식을 감을 수 없다는 거였다. 일반 전구는 열이 나서 식물에게 안 좋고

나의 허브 크리스마스트리

열이 안 나는 LED 전구는 줄이 너무 무거워서 가지를 해칠까 봐……. 그런데 최근엔 허브가 워낙 커진 데다가 강남 고속버스터미널 지하상가에서 아주 가볍고 가는 LED 전구 줄을 발견해서 사진에 나오는 것처럼 감을 수 있게 됐다! 기술의 발전이 이렇게 고마울 수가.

그런데 이렇게 최후의 동심으로 크리스마스트리 꾸미기에 열을 올리다가 문득 궁금해졌다. 언제부터, 왜, 트리를 꾸미기 시작한 걸까? 왜 나무에 둥근 볼(ball)과 장난감 같은 것을 달게 됐을까? 사실 어렸을 때부터 궁금했던 것이지만, 그땐 신통한 대답을 해주는 사람이 없었다. 다행히 요즘은 구글링이 있다!

민속학자들에 따르면, 작은 전나무를 통째로 가져다가 여러 가지 장식을 다는 풍습은 16세기 독일 지방의 문헌에서부터 찾을 수 있다고 한다. 고전문학에 크리스마스트리가 언급된 경우도 19세기 이전까지는 거의 독일에만 있었다. 하긴 내가 읽은 소설 중에 크리스마스트리가 나오는 가장 오래된 소설은 독일 문호 괴테가 쓴 『젊은 베르테르의 슬픔』(1774)이었다. 베르테르가 로테에게 "어린 시절, 갑자기 문이 열리면서 양초와 과자와 사과로 장식한 크리스마스트리가 눈앞에 나타났을 때, 마치 천국에라도 간 것처럼 황홀했어요." 하고 이야기하는 구절이었다.

한 가지 재미있는 건, 『젊은 베르테르의 슬픔』이나 앙드레 지드의 『좁은 문』(1909) 같은 소설을 보니, 예전에는 크리스마스트리에 색색의 양초와 함께 말린 사과, 호두, 아몬드, 캔디, 과자 같은 진짜 먹거리를 인형, 장난감과 함께 걸었더라. 먹거리를 나무에 오래 걸어 두면 상하지 않았을까? 사실 옛 풍습은 트리를 크리스마스 바로 전날, 즉 크리스마스 이브에 꾸미는 것이었다고 한다. 그리고 그날 밤이나 다음날 아침에 아이들이 나무에 걸린 과일, 과자, 장난감을 떼어서 선물로 갖는 것이다.

즉 본래의 크리스마스트리는 요즘처럼 눈의 즐거움만을 위한 것이 아니라 하나의 선물 꾸러미였다. 크리스마스이브 동안만 화려한 모습으로 서 있다가 장식된 예쁜 과자와 장난감을 아이들에게 모두 선물로 내주고 나뭇가지만 남는 존재였다. 현대에 와서 크리스마스트리가 선물용이 아닌 장식용이 되어 오랜 기간 서 있게 되면서, 사과와 호두는 인공 볼로 대체되고 아이들을 위한 장난감은 그저 나무 자체를 위한 장식으로 변했다. 하지만 원래 크리스마스트리는 그 찬란한 아름다움을 꼬마들에게 나눠 주고 사라지는 '아낌없이 주는 나무'였다.

한편, 크리스마스트리를 세우는 풍습은 18세기까지는 주로 독일 지방에 한정돼 있었다. 다른 유럽 지역에서는 성직자들의 반대가 심했다는 것이다. 현대에는 성당과 교회마다 크리스마스트리가 서 있는데, 그땐 왜 그랬던 거지?

사실 크리스마스트리는 그 기원이 그리스도교적인 것이 아니었다고 한다. 민속학자들에 따르면, 유럽에 그리스도교가 본격적으로 퍼지기 전에 게르만족의 동지 축제에서 비롯됐다고 한다. 동지 직후는 일 년 중 해가 가장 짧아졌다가 다시 길어지기 시작하는 때라서 태양이 소생하는 시기로 여겨졌다. 그래서 그 소생을 축하하면서 생명력을 상징하는 상록수 가지를 꺾어다 집을 장식하는 축제 풍습이 있었다는 것이다. 여기에 촛불을 켜는 것은 제의적인 의미가 있었다.

하긴 크리스마스가 12월 25일로 정해진 것도, 초기 그리스도교 교회에서 이교도의 마음을 열고 흡수하기 위해서였다고 한다. 원시·고대 종교에서 태양이 부활하는 시기로 중요하게 여긴 동지 직후를 택한 것이다. 원래 그리스도가 어느 계절에 탄생했는지는 성서에 기록되어 있지 않다. 이렇게 보면 크리스마스트리가 종교간 화합의 상징이라고도 볼 수 있을 것이다.

현대에 크리스마스트리는 또 다른 종교간 화합의 상징으로 쓰이고 있다. 해마다 크리스마스가 다가오면 서울 조계사에서는 일주문 앞에 크리스마스트리 모양 제등을 세우곤 한다. 성당에서도 석가탄신일 축하 현수막을 거는 것을 보았다. 외국인들이 특히 신기해하고 부러워하는 종교간 관용과 화합의 문화다.

어쩌면 요즘 거대한 사이즈와 호화로움을 다투는 백화

점과 쇼핑몰과 호텔의 크리스마트리들은 원래 트리가 가졌던 '아낌없이 주는 나무'와 '종교 화합의 산물'로서의 성격으로부터 너무나 멀어져 버린 건지도 모르겠다. 나도 다음 크리스마스부터는 작은 크리스마스트리에 주렁주렁 과자와 선물을 달아서 누군가에게 선물해 주고 싶다.

4부
자유롭게

01

엄친아와 비교강박의 역사

"나는 내가 다니는 학교, 내가 하는 일에 만족하는 편인데, 명절에 만난 친척이 꼭 누군가와 비교를 해서 기분을 망쳐 놔."

전통 명절이 점점 인기 없어지는 여러 이유 중의 하나가 이게 아닌가 싶다. 우리나라 사람들이 오죽 비교 스트레스에 시달리면 '엄친아'라는 유행어가 10년 넘게 쓰일까. 현실문화연구에서 출판된 『대중문화사전』(2009)에 따르면, '엄친아' 즉 '엄마 친구 아들'은 2005년 어느 웹툰에서 유래했다. 많은 엄마들이 친구의 아들(딸)은 "명문대에 갔다더라.", "연봉이 얼마라더라." 하는 식으로 끊임없는 비교와 잔소리를 한다. 그러니 엄마 친구 아들이야말로 못하는 게 없는 슈퍼맨급 존재가 아닐까 하는 냉소가 웹툰의 핵심이었다.

요즘은 '엄친아'의 뜻이 약간 변해서 집안, 학력, 외모 등 모든 조건이 좋은 사람을 가리키지만 여전히 '내 열등감을 불러일으키는 존재'라는 근본적인 뜻에는 변함이 없다. 유

안중식, 「평생도」의 과거 급제 부분(조선 후기)

행어 중에는 1~2년 후에 사라지는 말이 많지만, '엄친아'라는 말은 10년 넘게 굳건히 자리를 지키고 있다. 한국인의 비교 강박증이 이 유행어의 생명을 연장해 주는 것이다.

남과 비교하는 것은 인류의 보편적인 속성이기도 하지만, 한국인은 그중에서도 유별나다. 치열한 경쟁의식은 전후 한국의 기적 같은 경제발전에 한몫했다. 하지만 지금 한국인이 별로 행복하지 못한 것에도 한몫하고 있다. 비교 강박의 문화는 대체 언제부터 생겼을까? 어떤 사람들은 자본주의 경쟁 시스템과 성공제일주의를 거론한다. 하지만, 비슷한 시스템의 서구 국가도 '엄친아'란 말이 나올 정도로 비교 강박증이 일상에 스며 있지는 않다. 그것은 그들이 성공지향적이 아니라서가 아니라, 성공의 기준이 다양하고 폭이 넓기 때문이다. 이 경우 누가 '더' 잘났는지, '더' 잘 사는지 비교를 하는 게 어려워진다.

반면에 한국인의 성공이나 행복의 기준은 획일화된 잣대에 편협한 편이다. 명절날 친척의 잔소리는 "공부 잘 하냐 — 취업은 안 하냐 — 결혼은 안 하냐 — 애는 안 낳냐 — 애는 공부 잘 하냐 — 애는 취업 안 하냐 —"로 영원히 순환된다는 농담이 있다. 그저 농담이 아니라 실제로 그렇다. '내가 공부 잘 하는 것'에서 '자식이 공부 잘 하는 것'으로 이어지는 한국인의 전형적이고 획일화된 성취기준을 절묘하게 보여주는 농담이다.

그 원인에는 현대의 입시 위주 교육도 있겠지만, 더 뿌리 깊은 역사가 뒤에 자리 잡고 있다. 예전에 갤러리현대 전시에서 조선 말기 화가 안중식의 10폭 「평생도」를 본 적 있다. '돌잔치 — 혼례 — 과거급제 — 고관이 되어 행차 — 회혼례' 등으로 이어지는 내용이다. 국립중앙박물관에도 단원 김홍도가 그린 것을 포함한 몇 점의 「평생도」가 있다. 그런데 주인공과 벼슬의 디테일만 다르지 내용은 다 똑같다. 조선시대 유교에 기반한 강력한 중앙집권화와 과거제도는, 긍정적인 면도 많았으나, 성공한 삶의 기준과 양상을 철저하게 획일화하는데도 한몫했던 것이다.

이제 좀 바뀔 때가 되지 않았을까. 일단 나부터 변해야 한다. 비교의 잔소리는 듣기 싫으면서도 은연중에 거기에 동화돼 스스로를 열등감에 가두고 남에게도 비교 잣대를 들이대는 사람이 많다. 이로써 비교의 굴레는 순환, 확장된다. 좀 벗어나 보고 싶다.

02

"타인은 지옥이다"의 진짜 의미

"타인은 지옥이다."

동명의 인기 웹툰 때문에 더욱 유명해졌지만, 그전부터 종종 인용되던 말이다. 공공장소에서 무례한 사람 때문에 기분 상할 때, 직장에서 갈등을 겪을 때, 심지어 사랑하는 가족, 친구, 연인과도 때때로 관계가 삐걱거릴 때, 우리는 이 말을 소환하곤 한다.

"왜 이렇게 사람에게서 받는 상처가 많을까. 오죽하면 실존주의 철학자 사르트르 선생이 타인은 지옥이라고 했겠어!"

그런데 희곡 「출구 없는 방」(1944)의 대사를 통해 "지옥, 그것은 타인들이다.(L'enfer, c'est les autres.)"라고 처음 말한 장폴 사르트르(1905~1980)는 이 말이 "늘 오해되어 왔다."고 했다. "타인과의 관계는 언제나 해가 되고 지옥처럼 된다는 뜻이라고 사람들이 오해하는데, 내가 말하고자 한 건 좀 다르다."는 것이다. 이 연극에 대한 1965년 강연에서 그는 이렇게 말했다.

> "우리는 타인이 우리를 판단하는 잣대로 우리 자신을 판단한다. 내가 나 자신에 대해 무슨 말을 하건, 타인의 판단이 거기에 들어간다. (중략) 세상에는 수많은 사람들이 지옥에서 살고 있는데, 그 이유는 그들이 타인의 판단과 평가에 지나치게 의존하기 때문이다."

저 말을 보면 '남 눈치 보기, 남과 비교하기, 인정과 관심 구걸'이 유난히 많은 우리 사회는 과연 '헬'로 등극할 만하다. 저 연극에서 세 남녀가 평범한 방처럼 생긴 저승에서 서로가 서로를 어떻게 생각하는지로 고민하고 싸우다가 그곳이 지옥임을 깨닫는 것처럼, 스스로 지옥을 엮어 갇혀 있는 셈이다.

사실 사르트르 실존주의 철학에 따르면 이 지옥은 피할 수 없다. 인간은 타인이 있는 한 그 시선과 판단을 받을 수밖에 없고 그걸 의식해 완전히 주체적일 수 없게 되므로, 타인의 존재 자체가 지옥이다. 하지만 또한, 처음부터 무엇이 되려고 태어난 게 아니라 그냥 태어난, 즉 "실존이 본질에 앞서는" 우리 인간은 스스로의 존재근거를 위해 타인을 필요로 한다. 그러니 어찌할까. 뻔하지만 균형으로 풀어야 하지 않을까.

앞서의 강연에서 사르트르는 "평판에 대해 걱정하면서, 또 스스로 바꿀 의지도 없는 행동에 대해 걱정하면서 사는 건, 죽은 채로 사는 것"이라고, 살아 있다면 "바꾸라."고, "우리는 지옥을 깨고 나올 자유가 있다."고 했다. 한번 그렇게 살아봐야겠다. "타인은 지옥이다."라는 말을 들을 때 타인이 주는 상처를 원망하는 대신, 사르트르의 의도대로 스스로 타인의 시선의 노예가 되지 않겠다는 의지를 다지면서.

03

나대면 맞는다? '잘난 척'이 욕인 사회

수업시간에 번쩍 손을 든 여학생의 사진이 있었다. 어느 광역시 교육청이 페이스북에 올린 사진이었다. '질문을 많이 하자.'는 캠페인이었을까? 놀랍게도 '학교 폭력 예방법' 이미지였다. 사진에 붙은 설명은 "지나치게 자기 뜻대로만 하려거나 잘난 척하지 않기"였다. 한마디로 '나대면 맞는다.'는 소리다.

'학교폭력을 피해자 책임으로 돌리는 거냐.'라는 (당연한) 비난이 빗발치면서 그 교육청은 게시물을 내리고 사과문을 올렸다. 그럼에도 불구하고, 손을 들고 질문하거나 발언 요청하는 걸 '주먹을 부르는 잘난 척'으로 보는 발상 자체가, 게다가 그런 발상을 광역시 교육청에서 했다는 것이, 나는 여전히 충격으로 남아 있다. 오래된 일도 아니다.

앞으로 노벨상 발표 시즌이 될 때마다 나는 그 사건이 생각날 것 같다. 해마다 노벨상 발표 시즌은 '한국은 왜 노벨 과학상 수상자가 없나?'라는 탄식과 논쟁의 시즌이기도 하다. 물론 여러 전문가들이 지적한 것처럼, 노벨상 수상자 수가 학문연구 수준의 절대적 척도도 아니고, 결과론적인 노벨상 집착이 우스꽝스러운 것도 맞다. 하지만 '과학부문 노벨상 없음'과 더불어 언제나 지적되어 온 한국의 교육은 웃을 수 없는 문제다. 주입식으로 한 가지 정답을 강요하고 질문을 장려하지 않는 조용한 교실이 얼마나 창의성과 다양성을 짓밟는지의 문제 말이다.

그 시작이 입시 위주 교육 때문인지, 더 거슬러올라가 백범 김구도 비난한 조선시대의 주자학 독재와 사문난적 박해 때문인지, '모난 돌이 정 맞는' 획일 집단주의 때문인지 모르겠다. 아무튼 질문하고 자기 의견 말하는 학생이 '잘난 척'이 되는 한국 문화의 비극을 나는 여러 세대로부터 들어왔다.

유머러스하고 따뜻하게 지적인 글을 쓰는 50대 수필가 김상득은 고등학교 때 교사에게 "W는 모양이 더블브이인데 왜 더블유라고 읽나요?"라고 물었다가, 화가 난 (대체 왜?) 교사에게 주먹으로 얼굴을 맞았다고 한다.

> "내가 손을 들자 아이들이 웃을 준비부터 했다. 나는 진지한 학생이 아니었고 항상 엉뚱한 질문으로 아이들을 웃기는 학생이었으므로. 몇 명은 웃음을 참지 못하고 쿡쿡 웃기 시작했다. 그러나 그날 나는 모처럼 진지

했다. 알파벳을 처음 접할 때부터 나는 그것이 늘 궁금했다.

'선생님, 더블유는 모양을 보면 더블유가 아니라 더블브이인데 왜 더블유라고 읽는 겁니까? 더블유라고 읽을 거면 유를 두 번 겹친 모양으로 써야 하는 것 아닌가요?' 역시 아이들은 와 하고 웃었다. 그는 내 질문에 대답은 안 하고 손목에 찬 시계를 풀어 바지 주머니에 넣었다. 그때까지도 나는 무슨 일이 일어나고 있는지 몰랐다. 선생님은 화가 난 것 같았다. 나는 그에게 모욕감을 준 것 같았다. 그는 헐크처럼 화난 얼굴로 달려오면서 내 얼굴을 향해 마구 주먹을 날렸다."

또, 내가 일하는 신문사에서 일하던 기자 후배 하나는 외국에서 살다가 고등학교 때 한국에 왔는데, 그때의 문화 충격에 대해 이야기했다.

"학원에 갔는데, 모의고사 점수에 따라서 체벌을 하겠다는 거예요. 나쁜 잘못을 저지른 것도 아니고 점수 안 나왔다고 때린다니, 그것도 학교도 아니고 학원에서, 너무 이상했어요. 근데 애들이 가만 있는 거예요. 그래서 '나라도 나서야겠다.' 싶어서 손을 들고 말이 안 된다고 이의를 제기했거든요. 저는 제가 총대를 메면 친구들이 '와, 동감!' 하면서 같이 일어설 줄 알았어요. 근데 애들이 '쟤, 왜 나대?' 하더라고요. 한동안 '이상하고 나대는 애'로 찍혔어요."

이제 30대인 그 후배는 영국으로 건너가 뉴미디어 홍보 쪽으로 유명 기업들이 탐내는 인재가 되어 있다. 더 아래 세대는 나을까? 지금 20대인 기자 후배는 중학교 때 최악의 욕이 '나댄다.'였다고 한다.

이런 문화에서 창의성이 뛰어난 인재는 둘째 치고, 스스로 사고하며 사회부조리에 의문을 갖고 침묵하지 않는 자유민주사회 시민이나 될 수 있을까? 교육청까지 학교폭력 예방이랍시고 "잘난 척 하지 않기"라는 나라에서?

한편, W가 왜 더블브이가 아니라 더블유인지는 나도 어렸을 때부터 궁금했던 문제다. 구글링을 해보니 영어권 원주민들도 궁금해하면서 수없이 그 질문을 올렸더라. 답변들도 조금씩 다른데 종합해 보면 이렇다.

영국인들은 중세에 룬 문자와 로마 알파벳을 혼용하고 있었는데, 지금의 W 발음, 즉 '워' 발음을 위한 문자가 룬 문자에는 따로 있었지만 로마 알파벳에는 따로 없어서, 그 발음의 말을 로마 알파벳으로 쓸 때는 U 두 개를 겹쳐서 UU로 표시했다. 그러니까 그때는 진짜 더블유였다. 한편 독일 지역에서는 지금 영어의 V 발음, 즉 '브' 발음을 위해 V를 두 개 겹친 VV 더블브이를 쓰고 있었다. 왜냐하면 V 하나만 쓸 때는 '우' 발음이었기 때문이다. 중세 후기가 되자 영국인들은 노르만족의 지배를 받으면서 더 이상 룬 문자를 쓰지 않고 로마 알파벳만 쓰게 됐다. 또, 인쇄 활자가 먼저 발달한 독일 쪽에서 로마 알파벳 활자를 수입하게 되었다. 그런데 독일 활자에는 VV만 있고 UU는 없었다. 그래서 영국인들은 VV를 UU 대용으로 쓰며 더블유라고 부르게 되었다고 한다.

여기서는 이렇게 대충 간단하게 요약했지만, 유럽 정치사와 언어사, 기술사가 얽혀 있는 무지 복잡한 이야기였다. 김상득 작가의 수필 덕분에 잊고 있었던 궁금증이 다시 발동해 찾아보면서 많은 걸 새로 배울 수 있었다. 그러니 그때 김 작가의 고등학교 교사가 괜한 자격지심 없이 "어, 나도 모르겠는데. 우리 한 번 같이 알아보자." 하면서 학생들과 이 문제를 탐구했다면 자신과 학생들 모두 훨씬 풍부한 지식을 갖게 되었을 것이다. 그런데 그는 그 대신 느끼지 않아도 될 부끄러움과 열등감을 스스로 폭발시켰고, 더욱 비틀린 태도로 그걸 폭력으로 표출했다. 덕분에 질문한 김 작가에게 깊은 트라우마를 준 건 물론이고 그 교실에 있던 모든 학생들의 호기심의 싹을 짓밟았다.

어쩌면 '나대는 것,' '잘난 척'에 대한 미움은, 본래 스스로 가질 필요도 없는 열등감을 가진 것에서 나오는 게 아닌가 싶다. 그런 열등감은 개인의 성향 때문도 있겠지만, 획일화된 기준과 정답을 강요하고 거기에 어긋나는 사람들을 모욕하는 기존 우리 문화 때문도 있을 것이다. 그렇게 생긴 열등감에서 비롯된 '잘난 척'에 대한 미움이, 자기 자신과 타인 모두의 '앎'과 '새로운 앎에 대한 욕구' 즉 창조의 원천인 호기심에 짓밟아 고만고만하게 만들어 버리고, 더욱 획일화되고 정체된 사회를 만드는 악순환을 형성하는 것이다.

그냥 다 같이 나대고 다 같이 잘난 척하면 안 될까? 서로의 나댐, 서로의 잘난 척을 관용하면서 '나도 잘나고 너도 잘났어.', '아, 나 특이해. 어, 너도 특이해.'의 마인드로 산다면 우리 사회는 훨씬 열려 있고 다양하고 여유로운 사회가 되지 않을까?

04

의심하는 토마가 필요해

영어에서 의심 많고 증거를 눈앞에 들이대야 믿는 사람을 가리키는 표현으로 '다우팅 토머스(Doubting Thomas)'라는 말이 있다. 여기서 토머스는 그리스도교의 12사도 중 하나인 성 토마(도마)를 가리킨다. 성인이 어쩌다가 의심꾼의 대명사가 됐을까? 신약의 「요한의 복음서」에 나오는 이야기 때문이다.

토마는 다른 제자들이 부활한 예수 그리스도를 보았을 때 그 자리에 없었다. 나중에 그들의 목격담을 전해 듣고는 이렇게 말했다.

"내 손가락을 그 못자국에 넣어 보고 또 내 손을 그분의 옆구리(십자가에 매달렸을 때 로마 병사가 창으로 찌른 상처)에 넣어 보지 않고는 결코 믿지 못하겠소."

여드레 후 토마를 비롯한 제자들이 다시 어느 집에 모였을 때 문이 잠겨 있는데도 예수가 나타나 그들 가운데 섰다. 그리고는 자신의 손의 못자국과 옆구리 상처에 손가락을 넣

카라바조,

「성 토마의 의심」(1601~02),

독일 포츠담 상수시 궁전 소장

어보라고 토마에게 말했다. 그제야 토마는 믿었고, 예수는 "나를 보고야 믿느냐? 나를 보지 않고도 믿는 사람은 행복하다." 하고 말했다.

이 흥미로운 이야기를 화가들이 놓쳤을 리 없다. 많은 그림 중에 16세기 이탈리아 바로크 미술의 거장인 카라바조의 작품이 특히 인상적이다.

토마는 갑자기 출현한 그리스도가 두려운 나머지 그와 눈도 제대로 못 마주치는 상황. 하지만, 그래도 확인은 해봐야겠다는 고집스러운 의지로 눈을 부릅뜨고 이마에 주름을 잔뜩 잡은 채 손가락을 내밀고 있다. 예수는 자상하게 그의 손을 잡아 옆구리 상처로 이끌고, 다른 제자들도 호기심을 감추지 못한 채 열중해서 들여다보고 있다. 사실적인 인물 묘사, 배경의 생략을 통한 집중, 명암대비 기법인 키아로스쿠로(Chiaroscuro)에 의한 극적인 긴장감 등 카라바조 특유의 미학이 빛나는 작품이다.

그런데, 이 이야기는 토마의 불신을 비난하는 이야기일까? 실제로 그런 맥락에서 인용되는 경우도 많이 있었다. 그러나 다른 해석도 있다. 내가 10대 때 성당 미사에서 들은 어떤 신부님의 강론이 그랬다.

"그리스도는 토마를 많이 아꼈습니다. 왜 그를 위해 일부러 다시 나타났겠어요? 성경의 다른 구절을 보면 토마는 예수께 충실했고 그러면서 탐구심이 강한 사람이었습니다.

예수 말씀이 이해 안 갈 때 다른 제자들이 대충 가만히 있어도 토마는 꼭 질문을 했어요. 맹신하는 것보다 토마처럼 의심하고 질문하는 게 오히려 좋은 믿음으로 이어질 수 있습니다. 다만 그게 과하면 본인이 피곤하고 괴롭지요. 그래도 필요할 때가 있습니다."

나는 그 강론을 들은 후부터 토마 이야기를 좋아하게 됐다. 믿음이 특히 중요한 종교의 영역에서도 이런데, 세속의 영역에서는 의심하고 질문하는 자세가 더더욱 필요하지 않을까?

요즘 국내외적으로 소셜미디어에 가짜 뉴스가 범람하고 각자 자기 정치적 입맛에 맞는 뉴스만 봐서 문제라고 한다. 사실 어제오늘의 얘기가 아니다. 이미 태고부터 인간은 진리를 믿고 싶은 게 아니라 믿고 싶은 게 진리인 성향이 있었다. 고대 중국의 백과사전 겸 철학서 『회남자(淮南子)』에도 이런 말이 있지 않던가.

> "옳음을 구한다는 자는 사실 도리를 추구하는 것이 아니라 자신에게 맞는 것을 구하는 것이고, 그름을 제거한다는 자는 사실 잘못된 것을 배척하는 것이 아니라 자신에게 거슬리는 것을 제거하려는 것이다."

문제는 첨단 미디어의 발달이 역설적으로 이런 왜곡을

부추긴다는 것이다. 페이스북의 경우, 사용자가 그간 관심 갖고 '좋아요' 한 것과 같은 주제의 글이 뉴스피드에 우선적으로 뜨니, 사용자는 입맛에 맞는 뉴스와 의견만 주로 보게 된다. 다른 소셜미디어에서도 마음이 맞는 친구들이 링크한 뉴스만 보다 보니, 끼리끼리 모여 같은 생각이 메아리치는 '반향실(Echo chamber)'에 갇히게 되는 것이다. 그리고 그 메아리를 즐기면서 진위에 대한 관심은 덮어두는 것이다.

그러한 '반향실'을 깨고 나올 수 있는 사람이 바로 '의심하는 토마'다. 토마는 자신이 목숨을 바쳐 따르던 스승에게도 질문을 멈추지 않았다. 아마 그는 자기 자신에 대해서도 끊임없이 의심하고 질문을 던졌을 것이다. 모든 철학과 과학은 그런 회의(skepticism)에서 발전했다.

17세기 프랑스 철학자 르네 데카르트의 그 유명한 말 "코기토 에르고 숨(Cogito ergo sum: 나는 생각한다, 그러므로 나는 존재한다.)"도 '방법론적 회의'에서 나왔다. 그는 원점으로 돌아가서 모든 감각과 지식을 의심했고, 그럼에도 의심할 수 없는 것이 '그러한 의심을 하는, 즉 사유를 하는 내가 존재한다.'는 것이라는 결론에 도달했다. 여기에서 "나는 생각한다, 그러므로 나는 존재한다."의 제1원칙이 탄생한 것이다.

그러니 이 말을 비틀어 "나는 의심한다, 그러므로 나는 존재한다."라고 하면 어떨까. '반향실'과 '대안적 사실'이 판치며 맹목적 적대가 가중되고 그것을 이용해 사익을 취하는

세력이 늘어나는 시대, 인간임을 지키는 것은 의심하는 것,

내 안의 '의심하는 토마'를 일깨우는 것이다.

05

벚꽃 논란과 비틀린 민족주의

우리집의 흰둥이 개,
손님 봐도 짖지 않네.
복사꽃 밑 잠을 자니,
개 수염에 꽃 걸렸네.

—황오(1816-?)의 한시, 정민 옮김

이화에 월백하고 은한이 삼경인 제
일지춘심을 자규야 알랴마는
다정도 병인 양하여 잠 못 들어 하노라.

—이조년(1269-1343)의 시조

좋다. 참 좋다. 이게 우리 옛 시의 맛이구나. 화사하고 포근한 봄낮의 정취, 청아하고 설레는 봄밤의 분위기가 복사꽃과 강아지, 배꽃과 소쩍새, 그리고 간결한 몇 마디 말로 이렇게 생생하고 멋들어지게 그려질 수가.

그런데 요즘 봄꽃의 대명사가 된 벚꽃에 대한 우리 옛 시도 있을까? 책과 인터넷을 열심히 뒤져봤지만 찾지 못했다. 반면에 일본에는 벚꽃을 노래한 옛 시가 무수히 많다. "밤에 핀 벚꽃, 오늘 또한 옛날이 되어버렸네." 같은 고바야시 잇사(1763-1828)의 그윽한 하이쿠처럼.

그렇다면 오늘날 한국에서 벚꽃을 즐기는 풍습은 도대체 어디서 온 걸까? 일본의 영향인 걸 부인할 수 없다. "일제강점기에 많이 심어진, 그래서 우리가 흔히 보는 일본 왕벚나무는 사실 제주도 왕벚나무에서 기원했다."라는 학설이 설령 맞더라도 말이다. 이 학설은 많은 한국인들이 벚꽃을 즐기면서 '일제 잔재가 아닐까?' 하는 민족주의적 죄책감을 편리하게 덜어주었다. 벚꽃축제가 한국의 대표적인 봄축제가 되고 관련 상품이 수없이 나오면서 논란이 일어날 때마다 민족주의적 방패막으로 나오는 게 '제주도 원산지설'이었다.

하지만 그 방어논리는 이상했다. 꽃의 원산지와 그 꽃을 즐기는 문화의 발생지는 별개니까 말이다. 설령 전세계 벚꽃의 기원이 제주도라고 하더라도, 우리가 벚꽃축제의 기원이라고 할 수는 없다. 우리 조상이 벚꽃을 즐긴 예는 옛 시와 그림에서 전혀 찾을 수 없으니까. 대신 우리 조상은 매화, 진달래, 복사꽃을 훨씬 사랑해서 시와 그림으로 예찬하고 매화음(梅花飮)에 취하고 진달래 화전놀이를 했다. 전기(1825-1854)의 「매화초옥도(梅花草屋圖)」에서 거문고를 둘러멘 화가가 피리 부는 벚을 찾아 달밤에 하얀 매화가 만든 '향기로운 눈 바다'를 헤치고 나아가고, 신윤복의 「연소답청(年少踏靑)」에서 기생과 한량들이 붉게 흐드러진 진달래 절벽 밑을 지나간다.

반면에 벚꽃을 사랑해서 밤에 등불을 켜고 벚꽃을 보는 밤벚꽃놀이, 벚꽃 화과자를 만든 건 일본이었다. 벚꽃에 대한 하이쿠 시와 우키요에 목판화도 셀 수 없이 많다. 한마디로, 원산지가 어디건, 오늘날 한국에서 벚꽃을 즐기는 풍습은 우리 전통이 아니라 일제시대를 거쳐 일본에서 왔다는 것이다.

게다가 일본 왕벚나무의 기원이 제주도라는 학설조차 맞지 않다는 게 최근에 우리나라 연구진에 의해 밝혀졌다. 산림청 국립수목원이 명지대·가천대 팀과 함께 제주도 자생 왕벚나무 유전체(게놈)를 해독한 결과, 제주 왕벚나무와 일본 왕벚나무는 따로따로 발달한 별개의 식물인 걸로 드러났다. 이 연구결과는 세계적 저널 《게놈 바이올로지》 2018년 9월호에 게재됐다. '웃픈' 건, 그 전만 해도 벚꽃 철마다 연례행사처럼 나타나던 '벚꽃은 사실 우리 꽃' 기사가 이 연구 결과 이후 싹 사라졌다는 것이다.

결국 '일본 벚꽃 제주도 원산지설'을 내세워 우리 전통이 아닌 벚꽃축제를 어정쩡한 민족주의로 포장하는 자기기만은 이제 끝났다. 대안은 두 가지다. 민족주의 정신을 결벽증

신윤복, 「연소답청」(18세기 후반),
간송미술관 소장

우타가와 히로시게,

「요시와라의 밤 벚꽃」(1830년대)

적으로 발휘해서 벚꽃축제를 다 폐지하든지, 아니면 벚꽃축제의 전통이 일본에서 왔음을 인정하면서 이제 한국식으로 창조적으로 발전시키든지.

그리고 벚꽃도 정말 아름답지만, 언제부터인가 벚꽃에 밀려난 다른 아름다운 봄꽃들 중에 우리 전통문화와 밀접한 관련이 있는 꽃들을 더 돌아볼 필요가 있지 않나 싶다. 예를 들어 진달래 말이다. 신윤복의 아리따운 기생이 머리에 꽂은 진달래 가지부터 김소월의 님이 "가시는 걸음걸음 사뿐히 즈려밟는" 진달래꽃까지 얼마나 많은 이야기가 나올 수 있겠는가? 적어도, 인기 많은 벚꽃에 상업적으로 편승하면서 "일본 벚꽃 원산지는 제주도니까 이건 우리 전통이야." 라고 주장하는 비틀린 민족주의 자기기만은 이제 그만뒀으면 좋겠다.

06

야스쿠니의 기괴한 합사

광복절이 다가올 때마다 마음에 걸린 가시처럼 따끔거리는 것이 있으니, 지금도 야스쿠니 신사에 무단 합사(合祀)되어 있는 2만 1000여 명의 강제징용 한국인이다. 그들의 이름은 유족의 뜻과 무관하게 일방적으로 야스쿠니 영새부(위패를 대체하는 일종의 명부)에 올려져 A급 전범들과 함께 제사를 받고 있다.

강제징용 피해자의 이름을 영새부에서 빼라고 후손들이 계속 요구해왔지만 야스쿠니는 거부하고 있다. 몇 차례 소송도 제기했지만 일본법원은 '종교의 자유' 문제라며 번번이 기각했다. 한편 일본 내에서는 야스쿠니에서 전범들의 위패를 빼서 건전한 추도시설로 바꾸자는 의견이 있어왔으나 계속 묵살되고 있다.

이쯤 되면 분노를 넘어서서 일단 궁금해진다. 한국인 징용 피해자를 빼는 것이 뭐가 그렇게 거북해서, 또는 전범만 빼는 것이 뭐가 그렇게 어려워서, 비난과 항의 속에서도 끈질기게 갖고 있는 것인가. 이에 대해 야스쿠니는 "한번 합사된 혼은 분리할 수 없다."는 논리를 내세운다고 한다. 한일 근대교류사 전문가 이종각 교수에 따르면, 합사된 혼은 "물 항아리에 합쳐진 물"과 같아 "문제 되는 사람들만의 물을 따로 들어내는 것이 불가능"하다는 게 그들의 논리라는 것이다.

이 말을 처음 들었을 때 온몸에 전율이 흘렀다. "자유를 달라!/ 내 찰나의 생에 끝이 다가오니/ 오직 간원하는 것은 이것./살아서든 죽어서든 속박 없는 영혼"이라는 에밀리 브론테의 시구처럼, 우리는 인간이 구속 많은 현실과 육체를 떠날 때 영혼이라도 자유롭고 독립적이기를 바란다. 그런데 야스쿠니의 한국인 징용 피해자들은 살아서도 강제로 군국주의의 부속품으로 동원되었고, 죽어서도 영혼이 전범과 한 덩어리가 되어 전쟁 미화의 대상으로 숭배 받길 강요당하고 있다. 이것이야말로 전체주의의 '끝판왕'이다. 개인의 존엄과 자유에 대한 최악의 상징적 말살 형태다.

과연 일본인 자신은 이런 전체주의의 부속품이 되는 것에 동의할까. 그간 야스쿠니 합사 및 참배 반대 시위에 한국인과 함께해 온 일본 시민단체들이 있는 것처럼, 야스쿠니 문제의 본질을 꿰뚫어 보고 있는 일본인들도 적지 않다. 문득 몇 년 전 이어령 초대 문화부장관을 만나 인터뷰하다 들은 말이 떠오른다. 그는 일본인들도 광복절을 "해방의 날"로

축하해야 한다고, 가미카제 등으로 자국민을 죽음으로 몰아넣은 군국주의 정부에서 해방된 날로서 한국인과 함께 축제를 열어야 한다고 했다. 그런 날이 오기를 바란다.

07

"뭐든지 될 수 있어"의

피로와 뜻밖의 위로

어린 시절 추억인 역사 만화의 원조 『맹꽁이서당』에 이런 에피소드가 있었다. 훈장이 푸짐한 상품을 걸고 서당 과거를 열면서 "시제(글 주제)는 자유롭게 택해라."라고 했다. 그러나 평소 공부 안 하고 말썽만 부리기로 유명한 맹꽁이 학동들은 머리 속이 하얗게 된 채 앉아있을 수밖에 없었다. 그러다 한 아이가 말했다.

"시제가 너무 어려우니 좀 쉬운 걸로 내주세요!"

그러자 훈장은 버럭 소리를 질렀다.

"시제는 자유라니까! 그러면 쉬운 주제로 쓰면 되잖아, 이놈들아!"

어릴 때 이걸 보고 킬킬거리며 '맹꽁이 학동 말이 참 말이 안 되긴 하는데 왠지 이해가 간다.'라고 생각했다. 커서 돌이켜보니 맹꽁이 학동들처럼 지적 자본(쌓아놓은 지식)이 없는 상태에서, 또 그 지식을 바탕으로 최적의 선택을 하는 법을 익히지 않은 상태에서, 무한한 선택지의 자유만큼 어려운 게 없는 것이다.

맹꽁이 학동들이 지적 자본을 못 쌓은 건 자기들 탓이지만, 경제, 사회적으로 열악한 환경에서 태어나고 자라 물질적, 지적 자본을 제대로 쌓을 수 없는 사람들도 많다. 그런 사람들에게 '너는 뭐든 될 자유가 있어.'라던가 '너는 왜 제대로 선택하지 못해?'라고 하는 건 그야말로 공허하고 화나는 소리가 아닐까? 그래서 일찍부터 존 스튜어트 밀을 비롯한 자유주의 선구자들은 사상, 정치, 경제적 자유의 중요함 못지 않게, 모두가 자유를 누릴 수 있는 기초를 마련하기 위한 무상 공공교육과 사회복지의 필요성을 이야기했다.

하지만 제도로 해결할 수 없는, 개인적 차원에서 자유의 고통도 있다. 타고난 소질, 지능, 신체 조건은 물론 욕망의 크기와 방향도 제각각 다르고, 게다가 그걸 자기 자신도 완전히 파악할 수 없는 상황에서, '무엇이든 될 수 있어.'와 '불가능은 없어.'가 미덕인 사회를 살아가는 것의 은근한 피곤함과 스트레스다.

한번은 대학 동기인 오랜 친구와 점심을 먹다가, 친구가 이런 말을 해서 깜짝 놀랐다.

"사람들이 태어날 때부터 유전자 조작으로 유형과 계급과 직업이 정해지는 디스토피아 설정이 『멋진 신세계』 이후로 SF에 많잖아. 어릴 땐 그게 그렇게 끔찍했는데, 요즘 들어서 그러면 차라리 다들 편하고 행복하지 않을까 하는 생각도 드는 거야."

경제학 교수인 그 친구는 나 못지 않게 자유를 인간의 소중한 기본 가치로 생각하고 전체주의를 혐오하는 친구다!

"엥? 딴 사람도 아닌 네가 그렇게 살 수 있다고? 자유 없이, 선택의 가능성 없이?"

"가정을 '태초부터 그런 시스템이었다.'로 잡으면. 처음부터 그런 시스템 속에서 태어났다면 아예 자유가 뭔지도 모를 테니까."

"그건 그렇겠네. 하지만 역사에 가정은 없잖아. 지금 현실에서 그런 시스템으로 전환하려면 이미 자유를 아는 우리 같은 사람들이 있는 상태에서 가는 건데, 그럼 엄청 불행해지겠지."

"그건 그렇지. 정말 불행하겠지."

"그리고 아무리 잘 통제해도 그런 세계는 어느 날 꼭 균열이 생길걸. 영화 「매트릭스」에서처럼."

그렇게 말하다가 순간 올더스 헉슬리의 소설 『멋진 신세계』(1932)에서 시스템의 균열이자 반항아인 '야만인' 존이 "내가 원하는 것은 자유입니다."라고 말하자 시스템을 관장하는 독재자가 "당신은 불행해질 권리를 요구하는군."이라고 대답하는 장면이 떠올랐다. 그리고 친구의 쓸쓸한 웃음이 겹쳐졌다.

사실, 나는 놀라면서도 그 친구가 왜 그런 소리를 하는

지 이미 완전히 이해하고 있었다. 자유를 바탕으로 성실히 노력하고 선택해서 많은 것을 성취해낸, 그야말로 자유민주 사회의 이상적 시민으로 내세울 만한 그 친구가 대체 왜 그러는지 말이다. 그건 '뭐든 될 자유가 있어, 불가능은 없어.'에서 '그런데 난 왜 이 정도밖에 못할까, 난 최선을 다한 건가, 난 무능한 건가.'로 이어지는 스트레스, 나도 느끼는 그 피로감에 지친 푸념이었다.

얼마 전 유럽에서 돌아오는 비행기에서 읽은 『피로사회』(2010) 덕분에 그 피로의 실체를 좀더 명확한 말로 알 수 있게 됐다. 한국 출신 독일 철학자 한병철은 그 책에서 이렇게 말했다.

> "21세기의 사회는 규율사회에서 성과사회로 변모했다. 이 사회의 주민도 더 이상 '복종적 주체'가 아니라 '성과 주체'라고 불린다. 그들은 자기자신을 경영하는 기업가이다. …… 무한정한 '할 수 있음'이 성과사회의 긍정적 조동사이다."

이런 사회에서 사람들은 "자기 자신을 착취한다. 물론 타자의 강요 없이 자발적으로. 그는 가해자인 동시에 피해자이다." 그러다가 '할 수 있다'가 작동하지 않을 때 사람들은 우울증에게 빠지게 된다.

"아무것도 가능하지 않다는 우울한 개인의 한탄은 '아무것도 불가능하지 않다'고 믿는 사회에서만 가능한 것이다. (…) 성과 주체는 자기 자신과 전쟁 상태에 있다. 우울증은 긍정성의 과잉에 시달리는 사회의 질병으로서, 자기 자신과 전쟁을 벌이고 있는 인간을 반영한다."

'맞아, 바로 이거야.' 나는 속으로 외쳤다. 왜 이 책이 독일은 물론 유럽에서 큰 호응을 불러일으켰는지 알 수 있었다. 그리고 한국의 경우에는 상황이 더 심각하다고 생각했다. 한국은 규율사회에서 성과사회로 변모한 게 아니라 규율사회와 성과사회가 공존 및 혼재하고 있기 때문이다.

우리 사회는 한병철이 묘사한 서유럽처럼 '다른 것,' '낯선 것'에 대한 배척과 부정이 거의 다 사라지고 '긍정성이 과잉'된 사회가 아직 아니다. 여전히 '성공한 삶'에 대한 획일화된 기준이 강하고 그에 맞춰 남과 비교하는 강박이 있다. 또 막연한 공동체 도덕 '국민 감정'이 있어서 거기 어긋나는 사람들 (범죄자도 아닌 '이상'한 사람들까지) 전통의 형벌, 조리돌림을 당한다. 옛날처럼 북을 메고 마을을 몇 바퀴 도는 대신 인터넷과 소셜미디어로 말이다. 하지만 또 한 편에서는 '너는 뭐든지 될 수 있어!' '시시하게 평범해지지 말자.' '너만의 길을 찾아 가라!'라고 압박한다. 수많은 자기계발서들이 한병철의 말처럼 "자기 자신을 경영하는 기업가"가 되라고 외

영화「일일시호일」

친다. 그러니 우리는 '규율사회의 복종적 주체'로서 남 눈치를 보는 동시에 '성과사회의 성과 주체'로서 '나 자신이 인정하는 나'가 되어야 한다. 어휴, 환장할 노릇이다.

길고 긴 비행시간 동안 나는 이런 생각을 곱씹으며 혼자 투덜거렸다. 그리고는 영화나 봐야겠다는 생각에 좌석 앞 스크린을 켰다. 마침 극장에서 보고 싶었는데 때를 놓쳐 못 봤던 「일일시호일(日日是好日)」(2018)이 있었다. 일본의 명배우 키키 키린(1943-2018)이 다도(茶道)를 가르치는 다케다 선생으로 나오는 그의 유작이다. '일일시호일'은 '매일매일이 좋은 날'이라는 뜻인데, 영화의 바탕이 된 모리시타 노리코의 스테디셀러 에세이의 제목이기도 하다.

영화는 한 잔의 차(茶)처럼 잔잔하고 담담하고 음미할수록 그윽한 향이 감돌았다. 게다가 『피로사회』를 읽은 바로 다음 「일일시호일」을 보게 된 건 마치 삶의 우연이 준 멋진 선물 같았다. 공교롭게도 『피로사회』에서 던져진 질문과 답에 대한 나름의 단단하고 아름다운 예가 「일일시호일」에 있었으니 말이다.

영화는 주인공 노리코(쿠로키 하루)가 스무 살인 때부터 시작한다. 그는 자신이 진정 뭘 하고 싶고 뭘 할 수 있는지 몰라 초조해하며 일찌감치 갈 길을 정한 사촌에게 부러움을 느낀다.

"나 혼자 인생의 본 경기가 시작되지 않은 듯한 기분이 들었다. 아무리 시간이 지나도 스타트 라인에조차 서지 못한다. 발 밑이 흔들린다. 롤러스케이트를 신고 살아가는 느낌이었다."

노리코는 뭐든 구체적인 일을 해야겠다는 생각에 다도를 시작한다. 다도는 다실에 들어설 때 걷는 법부터 수건을 접는 법, 차를 만드는 법, 마시는 법까지 '쓸모 없어 보이는' 엄격한 형식이 잔뜩 있다. 왜 그렇게 해야 하냐고, 이 동작은 무슨 의미냐고 노리코가 묻자 다케다 선생은 그건 중요하지 않다고, 집중하다 보면 몸이 저절로 움직일 것이라고 답해준다. 그리고 어느 순간 노리코는 그것을 깨닫는다.

"정신이 들자 나는 그저 묵묵히 진한 차를 개고 있었다. 차 한 잔을 개는 일에만 내 마음 전부를 기울이고 있었다. 어느새 초조함은 사라져 있었다. 나는 온전히 '여기'에 머물고 있었다."

그건 바로 한병철이 『피로사회』에서 니체를 인용해 말한 "속도를 늦추어 멈춘 상태," "사색적 집중 상태"였다. 무한한 선택지에서 빠른 시간에 최적의 선택을 한다는 강박으로 바삐 움직이며 "활동과잉으로 치닫는 상태, 그럼으로써 도리어 모든 자극과 충동에 아무 저항 없이 바로 바로 응하는 과잉수동성으로 전도되는 상태"와 정반대의 지점이었다.

공교롭게도 멈춤은 불교 명상 수행의 양날개인 '지(止)'와 '관(觀)' 중 '지'와 같은 말이기도 하다. 범어의 사마타(Samatha)에서 비롯된 '지'는 마음이 흔들리지 않고 멈추어 고요한 상태에 이르는 것이다. 그런 상태로 관(觀) 즉, 자신과 세계를 통찰해서, 깨달음에 한 발 더 다가가는 것이다. 한병철은 형식이 사색을 위한 멈춤을 줄 수 있다고 말했다.

"모든 형식은 느리다. 모든 형식은 우회이다."

「일일시호일」에서 다도가 바로 그 형식이었다. 노리코는 다도에서도 현대사회의 미덕인 빠른 습득과 특출함을 보여주지 못한다. 까다로운 다도 동작을 금방 잘 해내는 십대 학생을 보며 "타고 났다."고 부러워하기도 한다. 하지만 꾸준한 애정과 성실함으로 24년 동안 주말마다 다케다 선생 밑에서 다도를 수행해 나간다. 다도에 집중하는 동안 맑고 고요해진 마음으로 자신과 자신을 둘러싼 인간관계와 자연을 관조하면서, 서서히 자신만의 삶의 페이스를 찾고 중심을 잡고 더 좋은 글을 쓰고 (원작자 모리시타 노리코는 기자 출신 작가이다.) 매 순간의 아름다움을 음미할 수 있게 되어 '일일시호일'의 의미를 깨닫게 된다.

영화의 끝부분에서 40대 중반이 된 노리코에게 다케다 선생은 말한다.

"이제 다도를 가르치는 것도 해볼 때가 되었어요. 가르치는 것으로 더 새롭게 배울 수 있어요."

노리코의 얼굴에 숨길 수 없는 기쁨의 미소가 잔잔히 번져나갈 때 나까지 뭔가 따스한 것으로 마음이 뿌듯했다. 그건 노리코가 또 다른 자유를 성취했다는 다케다 선생의 인정이었다. '뭐든 될 자유가 있어, 그런데 난 왜 빨리 선택을 못할까. 왜 이 정도밖에 못해낼까.'의 압박에서 해방되어 자신과 세계를 관조할 수 있는 자유 말이다.

물론 이건 개인적 차원에서 자유와 선택의 피로에 대한 이야기다. 사회적 차원에서의 자유와 선택의 공허함에 대한 문제, 자본이 없고 선택을 학습할 기회를 갖지 못한 사람들에게 '자유가 주어져 있는데 왜 못해'라고 하는 문제는 사회 제도로 보완하고 해결해야 할 일이다. 『멋진 신세계』를 떠오르게 한 푸념을 했던 경제학 교수 친구는 그런 문제들을 연구한다. 그는 자유의 개인적, 사회적 피로를 잘 알고 있지만, 또한 여전히 자유가 얼마나 소중한지 알고 있기에, 자유를 지키면서 자유의 피로를 줄일 방법을 연구하고 있다. 나도 그렇다. 그러기 위해서 종종 우리는 '멈추어 집중'해야 한다.

5부
광대하게

01

이 드레스 무슨 색깔로 보이나요

사진 속 드레스 색깔이 '파란 바탕에 검정 줄무늬'냐 '흰 바탕에 금색 줄무늬'냐로 전세계 소셜미디어가 들썩인 그날이었다. 저녁에 작은 모임이 있었는데, 기기 모인 사람들의 의견이 특히 궁금해서 문제의 사진을 보여주었다. 이름 있는 화가, 아트 컬렉터, 미술평론가, 전시 기획자 등등, 하나 같이 색채에 민감할 수밖에 없는 사람들이었다. 곧 아우성이 일어났다. 여기서도 어김없이 파랑-검정 파('파검파')와 흰색-금색 파('흰금파')가 갈린 것이다.

문제의 드레스를 제작한 영국 업체가 파랑-검정임을 확인했다는 뉴스를 찾게 됐다. '흰금파' 화가와 미술평론가는 경악했다. 하지만 나를 포함한 '파검파'도 정답(?)을 맞혔다는 기쁨보다는 같은 사진을 동시에 보며 전혀 다른 색깔로 인지할 수 있다는 것에 무서울 정도의 충격을 느꼈다. 미국과 한국 인터넷포털에서 벌어진 즉석 설문조사에서는 흰색-금색으로 보인다고 답한 사람들이 오히려 과반수였다.

문제의 사진 속 드레스 색깔을
포토샵으로 추출해 본 것.

우리는 법석을 떨며 그 자리에 없는 지인들에게까지 문자와 사진을 보내 드레스 색깔을 물었는데, 그 중에 유명 사진작가인 한성필 작가가 독특한 답을 주었다. 보라색 또는 파란 바탕에 갈색 줄무늬라고.

집에 가서 어도비 포토샵으로 사진 속 드레스 색깔을 추출해 보고, 한 작가가 가장 정확한 답을 한 것을 알았다. 바탕은 연보라색에 가까운 푸른색이고 줄무늬는 금빛 도는 갈색이었다. 그러니까 내가 본 파랑-검정도 정답은 아니었다. 그게 드레스의 원래 색깔인 것은 맞지만, 문제의 사진에 나타난 색은 아니었으니까.

"색채는 빛에 따라 달라지죠. '빛의 예술'인 사진을 하는 사람들은 오히려 화가보다도 빛에 따른 색채의 미묘한 차이에 예민해요."

한 작가가 말했다. 그가 말한 '빛에 따른 색채 차이'와 그것을 받아들이는 인간의 시지각이 바로 드레스 색깔 논란의 열쇠라고 할 수 있다.

이 논란이 전세계적 이슈가 되면서 《뉴욕타임스》, BBC 등 여러 유력매체가 앞다투어 전문가들의 과학적 설명을 소개했다. 읽어보니 인용한 전문가마다 설명도 조금씩 달랐다. 어떤 전문가는 인간의 망막에서 빨강, 초록, 파랑의 삼원색을 감지하는 원추세포 중 파랑 감지 세포의 민감성이 사람마다 다르기 때문이라고 했다. 그러나 보다 많은 전문가들은 '파검파'든 '흰금파'든 누가 더 시지각이 우월한 게 아니라고 했다. 다만 인간이 사물을 보고 그 색깔을 판단할 때 그 사물에 비치는 빛의 양과 종류를 뇌가 순간적으로 고려하는데, 문제의 사진은 빛 정보가 불충분하기 때문이라는 것이다.

과학자들에 따르면, 인간은 빨간 사과가 그늘에서 빛을 덜 받아 어두운 색을 띨 때도 그걸 빨간 사과로 인식한다. 경험상 빛에 따라 색채가 달라진다는 것을 알고 있기에 뇌는 그때그때의 빛을 감안하면서 원래의 색깔로 보게 한단다. 이것을 색채 항상성(color constancy)라고 한다.

사진 속 드레스 색깔은 포토샵 추출 결과가 보여주듯 연보라에 가까운 푸른 바탕에 금갈색 줄무늬다. 하지만, 나 같은 사람들은, 사진의 드레스가 강한 빛을 받아 원래 색채보다 옅어 보이는 상태라고 뇌가 순간적으로 판단함에 따라, 원래 색깔인 파랑-검정으로 본 것이다. 또 다른 사람들은 사진의 드레스가 그늘져 원래보다 어둡게 보이는 상태라고 뇌가 판단함에 따라, 그들 나름의 '원래 색채'인 흰색-금색으로 본 것이다. 이 사진에서 조명 부분이 좀더 정확하게 나왔으면, 사람들의 뇌가 빛에 대해 비슷한 판단을 해서, 이렇게까지 의견이 갈리지 않았을 것이라고 과학자들은 말한다.

결국 인간이 '궁극적으로 보는 것'이 카메라 필름과 같은 망막에 맺히는 정보가 아니라, 최종적으로 대뇌 후두엽

시각피질에서 처리되는 시각 정보기 때문에, 그리고 그 처리 과정에서 과거의 경험, 판단, 그리고 심지어 감정까지 개입하고 결합하기 때문에 드레스 색깔 논란 같은 일이 일어나는 것이다.

그러니 사진이 '우리가 궁극적으로 보는 것'에 가장 가깝다고 말할 수 있을까? 같은 사진을 놓고도 우리는 다른 것을 보는데? 유명한 영국 화가 데이비드 호크니가 한 말이 생각난다.

"우리는 (세상을) 기억과 함께 봅니다. (…) 객관적인 시각이라는 것은 존재하지 않습니다."

드레스 색깔 논쟁을 보면서 나는 왜 서구 현대미술이 르네상스부터 신고전주의에 이르는 '사진 같은 그림'에서 벗어났는지 다시 한번 진정으로 이해할 수 있었다. 물론 우선은, 19세기에 나온 사진의 도전에 맞서 사진과 다른 무엇인가를 보여주어야 했기 때문이다. 하지만 그러면서 모던아트의 개척자들은 사진 같은 이미지가 과연 '인간이 궁극적으로 보는 것'인가에 대해 깊이 탐구하게 되었고, 그것을 화폭에 담았던 것이다.

19세기 말 인상주의 화가 클로드 모네가 '궁극적으로 본 것'은 색채 항상성을 탈피해 시시각각 변하는 빛에 따라 달라지는 풍경의 찰나적 인상이었고 그래서 그는 그것을 빠른 붓질로 그렸다. 표현주의의 선구자 에드바르 뭉크가 패닉에

클로드 모네,
「일출—인상」(1873),
마르모탕 박물관 소장

에드바르 뭉크, 「절규」(1893),
노르웨이 국립미술관 소장

빠진 심리로 '본 것'은 형태가 일그러지고 색채가 섬뜩한 세상이었고, 그래서 그는 그렇게 그렸다. 입체파 화가 파블로 피카소가 본 사람의 얼굴은 여러 다른 앵글과 시간에서 본 것이 결합된 것이었고 그래서 그는 그걸 화폭에서 그대로 해체해서 눈, 코, 입이 따로 노는 괴이한 초상화를 그렸다.

이건 회화에 관심이 많았던 철학자 모리스 메를로퐁티의 이론과도 연결되는 지점이다. 메를로퐁티의 현상학 이론에 따르면, 인간이 보는 외부세계는 그것을 기관을 통해 감각하는 동시에 사유하는 인간의 몸과 결코 분리될 수 없다.

"우리 앞에 존재하는 질(quality), 빛, 색깔, 깊이 등은 오직 그들이 우리의 신체 속에서 반향을 일깨우고 신체가 그것을 환영함으로써 거기 존재하는 것이다."

그러니 드레스 색깔 논란은 참 많은 과학적, 철학적, 미술사적 함의를 품고 있는 셈이다. 그뿐인가. 색맹이 아닌 사람들도 뇌의 순간적 판단에 따라 같은 사진의 옷 색깔을 극단적으로 다르게 보는 판에, 어떤 한 인간에 대해서, 어떤 한 사회적 이슈에 대해서, 우리는 순간적으로 얼마나 주관과 편견이 많이 섞인 의견을 갖는 것인지 돌아보지 않을 수 없다. 내가 보는 것이 진실인가?

02

파레이돌리아,
무의미한 세계에서 의미를 찾고 싶어

어두운 공간에 하얀 운무가 감도는 둥근 수조가 하나 있다. 가까이 가서 들여다보면 별안간 작은 분수 수십 개가 수면 위로 솟아오르는데, 다 같이 보니 어렴풋하게 사람 얼굴로 보인다! 2018년 용산 아모레퍼시픽미술관 개관전에 나온 작품으로, 첨단기술과 관객참여를 동반한 공공미술로 유명한 작가 라파엘 로자노헤머의 신작이다. 이 신비한 마술 같은 작품의 비밀은 관람객의 얼굴을 인식하고 분수를 제어해 그 얼굴을 재현하는 컴퓨터 시스템이다.

로자노헤머는 이 작품의 제목 「파레이돌리움」이 '파레이돌리아(Pareidolia)'라는 인간 심리 현상에서 따온 것이라고 했다. 파레이돌리아는 무작위적이고 불특정한 이미지에서 의미 있는 형상, 이를테면 사람 얼굴 같은 것을 찾으려 하는 심리 현상을 말한다. "구운 토스트 그을림에 그리스도 얼굴이 나타나는 기적이 일어났다!", "화성 사진을 보니 고원에 인간 얼굴이 조각되어 있다!"(지형의 명암이 그렇게 보인 것으

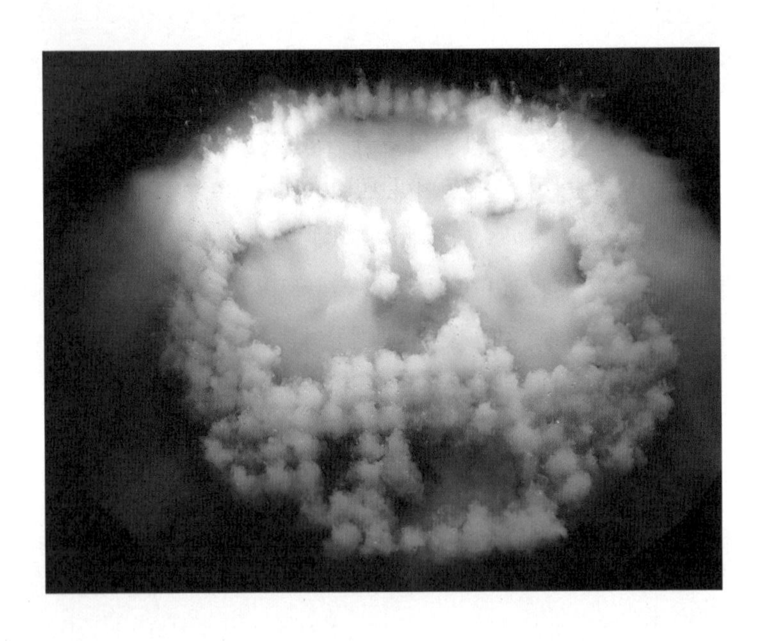

라파엘 로자노헤머,
「파레이돌리움」(2018)

주세페 아르침볼도,
「사계절」 연작(1537) 중
「여름」, 루브르 박물관 소장

로 딴 앵글에서 찍은 사진을 보면 사실이 아니다.) 하는 식으로 말이다. 로자노헤머는 이런 심리를 역이용해서 재미있고, 시적으로 아름다우며, 동시에 은근히 섬뜩하기도 한 작품을 만든 것이다.

파레이돌리아를 역이용한 고전적인 예로는 16세기 화가 주세페 아르침볼도의 유명한 「사계절」 연작이 있다. 봄, 여름, 가을, 겨울을 상징하는 네 점의 그림으로 이루어져 있는데, 각각 봄꽃, 여름 과일 채소, 가을 과일 채소, 겨울의 고목이 소년, 청년, 중년, 노년 남자의 얼굴을 형성하고 있는 기괴하고 흥미로운 연작이다. 이 그림들을 부분적으로 뜯어보면 꽃, 과일 등이 모여 있는 모습이지만, 거리를 두고 전체적으로 보면 사람의 옆모습이 슬며시 나타난다. 그러니까 정물화로 보였다가 초상화로 보였다가 하는 절묘한 이중 그림인 셈이다.

재미있는 것은, 얼굴을 구성하는 식물이 얼굴 형태에 맞게 깎이거나 변형되지 않고 고유의 형태를 온전히 간직하고 있는데도 불구하고, 그들의 조합을 우리는 쉽게 사람 얼굴로 인식한다는 것이다. 아르침볼도의 절묘한 조합 솜씨 덕분이기도 하지만, 인간이 어떤 이미지에서건 사람 얼굴 찾아내기를 좋아하는 파레이돌리아 현상 때문이기도 하다.

20세기 초현실주의 미술가 살바도르 달리도 파레이돌리아를 역이용해 이중, 삼중으로 보이는 그림을 그려냈다.

그는 이것을 '편집광적 비판 방법(Paranoiac critical method)'이라고 했는데, 지속적인 망상에 빠져 있는 편집증 환자가 일상의 이미지를 일반인들이 보는 것과 전혀 다른 이미지로 읽어내는 데서 착안한 것이었다. 이중 이미지라는 것이 사물을 물리적으로 변형시키지 않으면서 단지 다르게 봄으로써 또 하나의 사물을 만들어내는 셈이니 얼마나 창조적이냐고 달리는 말했다.

이처럼 파레이돌리아는 창조성의 원천인 동시에 정신이상적 망상과도 연결된다. 파레이돌리아를 포함해서 모든 무관한 현상들 사이에서 어떤 의미, 연관성, 규칙성을 찾으려는 심리 현상을 아포페니아(Apophenia)라고 하는데, 스위스의 신경심리학자 페터 브뤼거는 이것이 망상과 창조성을 낳는 "동전의 양면"이라 했다.

생각해 보면, 인류는 얼핏 무관해 보이는 것들의 연결고리를 찾아나감으로써 학문과 예술을 창조적으로 발달시켜 왔다. 하지만 또한, 자신이 보고 싶은 것, 믿고 싶은 것을 복합적이고 무작위적인 이미지와 현상에 투영해서 가짜 '기적의 이미지'나 억지 인과관계의 음모론을 만들어 오곤 했다. 그 양면성을 인식하고 염두에 두고 있어야만, 파레이돌리아가 진정한 창조성으로 이어지지 않을까.

03

먹방의 전통

"열린 문가에 농부가 앉아 저녁으로 치즈 바른 빵을 먹고 있었다. 나는 멈춰 서서 말했다.

"빵 한 조각만 주시겠어요? 배가 너무 고파서 그러는데요." 그는 놀란 눈길을 던졌지만, 말없이 두툼하게 한 조각을 잘라 내게 건네주었다. 그는 나를 거지로 생각하는 게 아니라 그의 검은 빵을 먹어보고 싶어진 괴짜 숙녀라고 생각하는 것 같았다. 나는 그의 집이 안 보이는 곳까지 오자마자 주저앉아 그 빵을 먹었다."

영국 고전 문학 『제인 에어』의 한 구절이다. 손필드 저택을 뛰쳐나온 제인의 절박한 상황을 잘 보여주면서도, 동시에 덤덤한 영국식 유머가 있는 장면이다. 말끔한 옷차림의 여자가 난데없이 교양 있는 말투로 빵을 달라고 하자, 농부는 젠트리 계급 여인이 서민 음식 체험을 하는 것으로 오해한다.(검은 빵은 서민이 주로 먹었고 상류층은 흰 빵을 먹었다.) 그런데 이 장면이 내게 인상적인 이유는 사실 따로 있다. 책을 읽으며 "치즈 바른 검은 빵"이 나도 너무나 먹고 싶었거든. 치즈 바른 빵은 이 장면 외에도 제인 에어가 가장 배고픈 장면마다 등장해서 그에게 공감하며 책을 읽던 독자의 배까지 꼬르륵거리게 만든다.

고백하건대 나는 고전문학에서 먹는 장면은 유난히 잘 기억한다. 『춘향전』에서 이몽룡이 암행어사가 된 것을 숨기고 장모 월매 집에 도착해 구박을 받으며 "먹던 밥에 풋고추 저리김치 양념" 넣은 것을 "마파람에 게 눈 감추듯" 먹는 장면. 주막집에 간 돈키호테가 투구가 안 벗겨져서 쓴 채로 앞가리개만 들어올리고 주막 여인들이 뜯어 넣어주는 검은 빵과 마른 생선을 목이 메도록 먹는 장면. 『죄와 벌』에서 라스콜리니코프가 하녀에게 소시지를 사다 달라고 하자 하녀가 대신 양배추 수프를 권해서 먹는 장면. 도대체 양배추 수프가 어떻게 소시지의 대체재가 되나 했는데, 나중에 러시아 양배추 수프에는 부대찌개처럼 소시지가 들어간다는 것을 알게 됐다. 그걸 알고 어찌나 기쁘던지.

이런 내게, 10년째 계속되고 있는 '먹방'의 유행은 놀라운 일이 아니다. 먹방은 '먹는 방송'의 줄임말로, 인터넷 개인 방송의 음식 먹는 장면에서 유래했다고 한다. 하지만 '먹방'이 본격적으로 장안의 화제가 된 것은 '하정우 먹방'부터였다. 배우 하정우는 영화 「황해」(2010)에서 국밥, 감자, 꼬치,

김 등을 먹어 치우는데, 지나치게 게걸스럽지 않으면서도 절실하게, 자연스럽게 먹는 연기가 가히 일품이며, 보는 사람까지 심히 배고프게 만든다. 그 먹는 장면들을 모아 만든 '하정우 먹방'이 몇 년간 인터넷을 돌면서 인기를 누렸다.

그 후 하정우의 후계자들이 나타났다. 2013년에는 리얼리티 쇼 「아빠 어디가」에서 꼬마 스타 윤후가 두 종류의 인스턴트 면을 섞어 만든 '짜파구리'를 맛있게 먹는 장면이 폭발적인 인기를 끌었다. '윤후 먹방'이 인터넷 포털 검색어 상위에 오를 정도였다. 또 리얼리티 쇼 「꽃보다 할배」에서 할배들이 프랑스식 만찬부터 부대찌개까지 다양한 음식을 먹는 모습이 화제가 됐다. 그후 인터넷 개인방송의 먹방이 텔레비전으로 옮겨와 특정한 배경이나 토크를 곁들인 「삼시세끼」, 「밥 블레스 유」에까지 이르고 있다. 한편 유튜브 개인방송에서 먹방은 여전히 가장 인기 있는 컨텐트 중 하나다..

왜 먹방이 인기일까. 일단은 고전 문학에서부터 이어지는, 먹는 것을 묘사하고, 또 보고픈 욕망에서 비롯됐다고 할 수 있다. 앞서 언급한 『제인 에어』의 검은 빵 장면처럼 음식은 당대의 사회상과 문화를 함축하기도 하지만, 그에 앞서 인간이 가장 쉽게 친밀감과 흥미를 가질 주제다. 그래서 예부터 적지 않은 문학의 대가들이 음식 이야기와 먹는 장면을 작품에 담았다.

하지만 영화나 텔레비전에서 먹는 장면은 예전부터 있

빈센트 반 고흐,
「감자를 먹는 사람들」(1885),
크뢸러뮐러 미술관 소장

영화 「황해」의

하정우 '먹방'

지 않았나? 왜 요즘 들어 먹방이 유행인 것일까? 그것은 아마도 텔레비전 리얼리티 쇼가 정착하면서 화면을 통해 지극히 일상적인 것을 보는 것에 익숙해지고, 텔레비전 드라마와 영화에서도 일상 장면에 리얼리티를 더욱 원하는 심리가 반영된 것 같다.

사실 예부터 문학에는 먹는 장면이 많았어도 회화에는 놀랍게도 먹는 장면이 별로 없다. 먹거리 정물화는 하나의 장르가 될 정도로 많았는데도 말이다. 그것은 입을 벌리고 음식을 넣거나 우물우물 씹는 이미지가 텍스트와는 달리 워낙 원초적이며, 단아한 것과는 거리가 멀기 때문이다. 그래서 흔하지 않는 먹는 장면 그림도 어린아이들이나 피테르 브뢰헬의 풍자화 속 서민들로 한정돼 있었다. 그런 이유로 영화와 텔레비전에서도 예전에는 미남 미녀 주인공이 무언가를 먹는 장면이 상당히 절제돼 있는 편이었다.

그러나 리얼리티쇼의 시대, 인터넷과 소셜미디어를 통한 쌍방 소통의 시대에는 시청자와 관객이 수평적 시선으로 화면 속 인물의 리얼한 모습을 바라보며 공감하기를 원한다. 이때 먹는 모습이 맛깔스러우면서 리얼한 경우 그것은 남녀노소 상관없이 폭풍 공감을 불러일으키게 돼 있다. 그러나 한동안 먹방의 인기는 지속되지 않을까.

하지만 먹방에 대한 우려와 비판도 적지 않다. 동아시아 문화학자인 임마누엘 페스트라이시 교수는 칼럼에서 지구 곳곳에 굶주리는 사람들이 있고 환경이 파괴되고 있는데 "포르노와 다를 것 없는 수준으로 식욕과 뇌간의 본능을 자극"하며 "노골적인 음식 낭비를 그토록 찬양"하는 먹방들이 성행하고 있다고, 이것은 음식을 아끼고 귀하게 여긴 한국의 옛 전통과도 맞지 않는다고 격렬하게 비판했다.

그의 말이 일리 있다고 느끼면서도, 문학 속의 먹는 장면과 먹거리 명화들을 줄줄이 꿰고 있는 나는 여전히 먹방을 미워할 수 없다. 하지만 쓸데없이 몇 그릇씩 먹는 폭식 먹방은 내게도 불쾌감을 주는 게 사실이다. 페스트라이시 교수의 비판을 염두에 두며 먹방이 진화해 나갔으면 좋겠다.(신개념 '소식 먹방'은 어떨까? 적게 그리고 맛깔나게 음식을 차려서 천천히 먹는 거야!) 나 또한 영화에서나 소설에서나 음식을 낭비하며 먹어대는 장면보다, 또 사치스러운 음식을 우아하게 먹는 장면보다, 배고플 때 소박한 음식을 간단히 먹는 장면이 더 기억에 잘 남는다. 위장과 심장을 동시에 건드리는 장면이라서 그런지……. 그런 맥락에서 하정우 배우의 감자 먹방을 보고 있으면 빈센트 반 고흐의 「감자를 먹는 사람들」이 생각 나더라.

04

셀럽, 욕을 먹어서라도 되리라

요즘 유튜브 개인방송들을 보면, 물론 내용 탄탄한 것들도 있지만, 얼마나 더 튀는지, 얼마나 더 자극적인지를 놓고 애절하게 경쟁하는 것들이 참 많다. 그걸 보니 그들의 선배 격으로, 7~8년 전쯤 케이블채널에서 방영한 「화성인 바이러스」와 「화성인 X파일」이 떠오르더라. 일본 만화 미소녀 캐릭터 베개와 결혼한 남성이라든지, 선물에 집착해 2년 동안 120명 남성에게서 1억 원어치 선물을 받은 여성이라든지, 이렇게 연예인이 아닌 별난 사람, 그것도 물의를 일으킬 만하게 별난 사람을 소개하는 토크 프로그램이었다.

거기 나온 사람들 중에는 포털 실시간 검색어 상위에 오르며 악플 세례를 받는 경우도 많았다. 그러면 출연자는 제작진의 연출과 편집에 의해 훨씬 과장됐다고 해명했고, 제작진은 조작이 전혀 없었다고 반박했는데, 그 끝은 언제나 흐지부지였다. 그래서 이 해명과 반박 과정조차도 프로그램의 여파를 확대 재생산하려는 전략 아니냐고 의심하는 사람들이 나올 정도였다.

그때 참 궁금했다. 방송이 물의를 빚을 것을 각오하고 (아니 기대하며) 자극적인 소재를 찾는 것은 시청률에 목을 매기 때문일 것이었다. 하지만 욕먹을 게 뻔한 소재로 방송에 출연하는 사람들의 심리는 대체 뭘까? 요즘은 물의 일으킬 만한 소재를 아예 자기 스스로 촬영해서 개인방송에 올리기까지 하고 말이다.

그에 대한 한 가지 답을, 폴란드의 사회학자이자 철학자인 지그문트 바우만(1925-2017)의 에세이집 『고독을 잃어버린 시간』에서 찾을 수 있다. 거기에 이런 말이 나온다.

"나는 보여진다. 그러므로 나는 존재한다."

바우만은 이것이 매스미디어와 소셜미디어로 뒤덮인 시대에 데카르트의 "나는 생각한다. 그러므로 나는 존재한다."를 대체할 것이라고 씁쓸하게 말한다. 이 시대에는 타인에게 보여지는 것으로 자신이 존재하는 근거와 가치를 찾는 사람들이 늘어난다는 것이다. 바우만에 따르면, 바로 이런 식의 삶을 전형적으로 보여주는 사람들이 연예인을 포함한 유명인들, 소위 셀럽(셀러브리티(celebrity)의 줄임말)이다. 대중은 유명인들의 업적과 행위의 무게를 따져서 그들이 중요하다고 생각하는 게 아니라 그저 그들이 각종 미디어를 통해 많이, 자주 보여지기 때문에 중요하다고 판단한다. 그리고 그들처럼 되기를 갈망한다.

즉 '보여짐'의 질보다도 양을 중시한다는 얘기다. '명예'나 '평판'이 아닌 '유명세'를 추구한다고도 말할 수 있을 것이다. 바우만은 쉴 새 없이 트위터에 글을 올리는 사람들의 심리가 바로 이 '보여짐'의 욕망이라고 말했다. 욕먹을 것을 알면서도 「화성인 바이러스」에 출연하고 또 자극적인 개인 방송을 만드는 사람들의 심리도 같은 것이 아닐까.

게다가 현대에 유명세는 자본과 부와 직결된다. 아프리카TV 별풍선이나 유튜브의 광고 수입은 그 관계를 가장 직설적으로 보여준다. 예전에 「화성인 바이러스」등의 프로그램에도 쇼핑몰 홍보를 위해 출연한 것으로 의심받는 사람들이 많았다. 그걸 생각하니 여성 코미디언 5명이 결성한 (지금은 4명) 그룹 셀럽파이브의 데뷔곡 「셀럽이 되고 싶어」(2018)의 횡설수설 가사가 은근히 날카롭게 느껴지는 것이다.

> "셀럽이 되고 싶어. 셀럽은 뉴욕에서 스테낄 썬다구요. 뉴욕 집은 호화별장 수영장도 달려 있대. 셀럽파이브 우리 홈그라운드 반전세 4천에 60."

그렇구나, 유명세는 돈이 돼서 반전세를 탈출해 수영장 있는 집에서 '스테끼'를 썰게 되는구나. 그럼 유명해지는 방

2016년 뉴욕 휘트니 미국미술관 '인간적 관심사:
휘트니 컬렉션의 초상 작품 전'에 나온 앤디 워홀의 「아홉 재키」(오른쪽).

법은?

“스(트리)밍은 대환영 기립박수 역주행 I love you 떼창은 I want you 실검은 I need you.”

역시 미디어를 활용해야 하는구나.

새로운 미디어 시대에 병적인 유명세 욕망에 대해서 바우만 같은 학자들도 날카롭게 분석했지만, 가장 간단명료한 말과 행동으로 직접 그것을 보여준 사람은 팝아티스트 앤디 워홀(1928-87)이었다. 워홀은 “사람들이 당신에 대해 뭐라고 쓰든지 신경 쓰지 마라. 단지 얼마나 많이 쓰는지 신경 써라.”라는 말을 남겼다. “무플보다 악플이 낫다.”의 선구적 발언이다. 요즘은 정치인과 연예인처럼 대중의 관심을 먹고 사는 사람들뿐만 아니라, 적지 않은 일반인까지 소셜미디어에 자극적인 말이나 사진, 동영상을 올리고 시선을 끌려고 애쓰고 있지 않은가. 무플보다 악플이 낫다고 생각하며.

워홀의 더욱 유명한 말은 이것이다.

“미래에는 누구나 15분 동안은 유명해질 것이다.”

그는 텔레비전 시대인 1968년에 이 말을 했는데, 인터넷과 소셜미디어 시대인 2000년대 들어서 이 말은 완벽하게 실현됐다. 실검에 오르내려 유명해지고 싶다면, 가장 손쉽고 빠른 방법으로 대중교통을 타고 엽기적인 짓을 하면 된다.

그러면 '버스 XX남' '지하철 XX녀'로 실시간 검색어에 몇 분간이라도 올라갈 수 있다. 물론 이 경우 유명세와 반비례하며 명예는 추락하겠지만.

워홀은 자신의 스튜디오를 아예 공장(The Factory)이라고 부르면서, 마릴린 먼로 같은 유명인의 이미지를 실크스크린으로 대량 복제 생산하곤 했다. 그것은 유명세에 비례해서 그들의 이미지가 신문·잡지·방송으로 수없이 복제되는 것을 상기시키는 것이었다. 그의 복제 연작 대상에는 연예인뿐만 아니라 재클린 케네디, 엘리자베스 2세, 마오쩌둥까지 포함됐다. 그들 모두 셀럽이라고 할 수 있으니까 말이다. 또, 그는 자기 자신도 센세이셔널한 언행을 해서 미디어에 되도록 많이 노출되도록 했다. 그의 언행 자체가 유명세에 대한 그의 생각을 실험하는 하나의 퍼포먼스라고 볼 수도 있을 것이다.

그래서 사실 워홀은 하나하나의 개별 '팝아트' 작품보다는 대량 복제된 그 작품 전체와 그의 언행이 함께 모여 이루는 어떤 통찰, 유명세와 미디어와 자본주의의 관계에 대한 그의 통찰이 문화인류학적으로 또 예언적으로 중요한 의미를 지닌다고 본다. "15분의 유명세"에 병적으로 매달리는 21세기가 증명하듯이.

05

국뽕과 국까 사이에서

베니스 비엔날레 취재를 마치고 런던으로 건너가 며칠 머무는 동안, 2014년 재단장했다는 영국박물관(대영박물관) 한국관을 찾아갔다. 박물관 깊은 안쪽에 자리잡은 아담한 전시실이었다.

한국관의 스타는 영국박물관 대표 가이드북에도 나오는 풍만한 유백색 달항아리. 작가 알랭 드 보통이 그의 책 『영혼의 미술관』(2013)에서 "겸허의 이상"으로 소개한 바로 그 달항아리다. 박물관 설명에는 달항아리가 조선의 유교적 가치관에 따른 금욕, 검소, 순수성의 구현이며, 처음 이 항아리를 구입한 20세기 영국 도예의 주요 인물 버나드 리치에게 영향을 주었다고 씌어 있었다.

달항아리 주변에는 그에 영감을 받은 구본창, 강익중, 이수경 등 현대 미술가의 작품과 영국 도예가의 새로운 달항아리가 전시돼 있었다. 좁은 공간을 구획해 쓰기 위해서인지 현대 미술이 우르르 유리장 안에 몰려 있어서 운치가

영국박물관(대영박물관)
한국관의 달항아리 코너

영국박물관 중국 도자기관
청화백자 코너

떨어지는 게 조금 아쉬웠다. 하지만, 옛 조선 달항아리가 현대와 서구를 아우르는 확장된 시공간적 맥락에서 전시되는 게 무척 좋았다.

그러나 기분 좋았던 건 여기까지. 전반적으로 유물이 빈약했고 퀄리티가 상급이 아닌 것이 많았다. 전시의 맥락도 잘 잡혀 있지 않았다. 특히 불화 앞에 김홍도의 「빨래터」 풍속화첩 모사본과 빨랫방망이(!)가 전시돼 있는 것을 보고 "헐, 이건 아니지." 소리가 절로 나왔다. 한구석에 조선 사랑방을 재현한 것도 어색했고 그 안에 있는 기물도 사대부의 품위와 은밀한 사치를 보여주기에 역부족이었다.

부근에 있는 일본관과 중국 도자기 역사관을 보니 기분이 더 떨떠름해졌다. 전시실의 규모, 유물의 양과 질에서 한국관과 비교가 안 되게 풍성했다. 이 차이는 어디에서 오는 걸까? 아시아관의 유물과 작품은 해당국이 기증하거나 대여한 것도 있겠지만 기본적으로 영국박물관이 수집하고 소장해 온 것이다. 그런 수집품은 오랜 경제적, 문화적 교류에서 쌓인다.

중국 도자기관에는 그런 국제 교류의 흔적이 자연스럽게 드러난다. 유럽과 서아시아가 도기밖에 못 만들던 시절 최초로 중국에서 탄생한 자기, 중국이 서아시아 코발트 안료와 그 무늬를 받아들여 개발한 청화백자, 그 청화백자에 열광한 유럽의 수집벽, 유럽의 에나멜 기법에 반한 청나라

강희제의 장인들이 실험한 채색자기 등등. 이들은 활발한 국제 교류가 문화를 어떻게 더 풍부하게 하고 혁신을 불러일으키는지 잘 보여준다.

여기서 의문이 든다. 한국은 중국에 이어 세계에서 두 번째로 자기를 생산했고 상감청자 같은 독창적이고 멋진 작품도 개발했는데, 왜 중국 외 세계에 적극 수출을 해서 국부를 쌓지 않았을까? 그리고 우리는 학교 국사 시간에 이 문제를 토론해 본 적이 있었던가, 그저 상감청자의 아름다움을 찬양하는 것 말고?

한편 영국박물관의 일본관은 기획부터 세심하게 일본 문화사를 세계사적 맥락에서 볼 수 있도록 구성했다. 전시 시작부터 그들이 백제의 영향을 받았음을 숨기지 않는 일본 국보 백제관음상 모작과 18세기 일본 전통과 서구 문물의 결합을 보여주는 나전칠기 시계가 등장한다. 그리고 18세기 조선통신사 행렬 그림, 나가사키의 중국인 마을 그림, 일본에 온 네덜란드 선원을 묘사한 미니어처 조각, 유럽 여인을 그린 우키요에 목판화 등등이 국제 교류의 역사를 말해 준다. 서양화의 영향을 받았던 우키요에가 다시 역으로 19세기 서양미술에 지대한 영향을 미쳤다는 사실은 다른 세계 주요 미술관에서도 지치도록 확인할 수 있다.

이들을 보다 보면 상대적으로 한국은, 적어도 근대화 이전 몇백 년 간은, 소박한 은둔자였던 것으로 보인다. 세계와 서로 흥미 없어 하는 은둔자 말이다. 영국박물관뿐만 아니라 지난 몇 년 간 뉴욕 메트로폴리탄 박물관, 싱가포르 아시아 문명 박물관(요즘은 국립중앙박물관과 활발한 교류전을 하고 있지만) 등을 볼 때도 그랬다. 세계 주요 박물관에서 한국관이나 섹션을 관람하는 것은 갑자기 머리에 찬물을 맞는 것처럼 세계문화사에서 한국의 위치를 냉정하게 돌아보게 해준다. "우리 전통문화의 우수성"에 취한 '국뽕' 역사관에 한 방을 날리는 치료제다.

그렇다고 자국을 비하하는 '국까'로만 빠지게 되지도 않는다. 영국박물관에서 독립된 국가관을 가진 나라는 그리 많지 않다. 20세기 후반 들어와 한국을 알리려는 각계의 노력과 강해진 국력 덕분에 생긴 것이다. 역사는 소설가 호르헤 보르헤스의 말대로 "유연한 현재적 기억"이다. 또한 존재하는 것이 아니라 쓰이는 것, 즉 수많은 유기적으로 얽힌 사건 중에 골라서 쓰이는 것이다. 물론 여기에는 힘의 논리도 작용한다.

박물관은 유물을 통해 역사를 쓰는 곳이며, 그 유물은 현대 문화 예술과 연계하며 새로운 의미를 갖는다. 달항아리가 그렇듯이 말이다. 잊혀진 옛 한국 문화 한 가지가 현대에 발굴되어 세계 동시대 문화 예술에 영향을 준다면 문화사에도 다시 기록된다. 주요 박물관의 한국관은 그런 매개가 될 수 있는 곳이다. '국위선양'의 문제가 아니라 한국과 세계인의 문화를 더 풍부하고 다양하게 하는 일이다.

하지만 이런 일을 할 수 있으려면 우리의 역사 교육부터 달라져야 한다. 무조건 "우리 문화의 우수성"에 취하고 그것을 외국인에게 설교하는 게 좋은 일일까? 지난 정부 때 역사 국정 교과서를 강력히 반대한 역사학자들 중에는 그간 국정 교과서뿐만 아니라 한국의 역사 교과서 전반이 민족주의에 매몰돼 한국을 세계사적 맥락에서 보지 못한다고 지적한 학자들이 여럿 있었다. 이제 한국사 국정 교과서는 폐지되었으니, 이 문제에도 변화가 있어야 할 것이다.

"역사를 잊은 민족에게 미래는 없다."는 경구가 유행이다. 여기서 역사를 '국뽕' 판타지와 침략자들에 대한 원한만을 말하는 것으로 착각하면 곤란하다. 예를 들어, 앞서 도자기 문제도 그렇지만 금속활자의 경우도 보자. 한국은 독일의 구텐베르크보다 앞선 최초의 금속활자 인쇄술을 가지고 있다. 자랑스러운 일이다. 그러나 그것은 상류층의 전유물이 되었을 뿐, 책과 지식의 폭발적인 대중화로 종교개혁까지 불러일으킨 구텐베르크 혁명처럼 되지 못했다. 그보다 몇백 년 뒤에도 여전히 필사본이 인쇄본보다 보편적이었다. 왜 그랬는지 심층적으로 분석하고 토론하는 역사 교과서를 앞으로 볼 수 있을까?

나는 앞서의 경구를 이렇게 바꿔 말하고 싶다.

"역사를 잊은 '사람들'에게 미래는 없다. 특히 세계적 맥락에서 자국의 역사를 보지 못하는 사람들에게."

영국박물관 일본관의
백제 관음 모작

06

선택적 세계화의 민낯

"불과 몇 주 만에 또 '블랙페이스'에요. 지금 소셜미디어에서 한국이 이렇게 인종차별적이었냐고 아우성이에요."

몇 년 전의 일이다. 내가 일하는 영어신문에 그때 경제뉴스 에디터로 있던 미국인 모니카가 이렇게 말하며 이미지 하나와 외국인들의 코멘트를 보여주었다. 공중파 텔레비전 코미디 프로그램의 한 장면을 캡처한 것이었는데, '아프리카 원주민 분장'으로 얼굴을 검게 칠한 개그우먼의 모습이 담겨 있었다. 모니카가 "또"라고 한 것은, 그보다 몇 달 전에 인기 걸그룹의 뮤직비디오와 콘서트도 케이팝 팬들 사이에 문제가 됐기 때문이었다. 브루노 마스의 뮤직비디오 장면을 재현하면서 얼굴을 검게 칠한 것이다.

사실 배경지식이 없으면, 그 코미디 프로그램의 분장은 희화화인 게 분명하지만 그 걸그룹의 분장은 오마주인데 그게 왜 모욕적인가 싶을 수도 있을 것이다. 그러나 유럽계 등 타인종이 아프리카계로 분장하면서 얼굴을 검게 칠하는 것

블랙페이스를 보여주는
미국의 쇼 포스터(1900년)

은, 19세기 미국의 희화적인 쇼를 통해 널리 퍼지게 된 것이다. 그런 분장 행위가 '블랙페이스(Blackface)'라는 한 단어의 고유명사가 되어 그 자체로 인종차별적 함의를 품게 됐고 그 후 어떤 맥락에서건 금기시되는 것이다. 하지만 한국에선 그걸 모르는 이들이 아직 많다.

그래서 나는 말했다.

"정말 고쳐야 할 일 맞아요. 그런데 인종차별적 악의 때문은 아닐 거예요. 그냥 국제적 예의나 금기를 잘 모르는 사람들이 많은 거죠. 심지어 어떤 한국인들은 자신 포함한 아시아인을 눈 양쪽으로 찢어진 모습으로 표현하는 게 뭐 대단한 문제냐고 하니까요.(실제로 인터넷 포털에서 이런 말 여러 번 봤다.) 시각적 언어의 인종차별 함의와 그 심각성에 대해 둔감한 거죠."

모니카는 고개를 저으며 말했다.

"내가 아프리카계 미국인으로서 서울 거리를 다니면서 불쾌한 일을 겪은 적은 잘 없었어요. 한국 사람들은 전반적으로 친절합니다. 하지만 잘 모른다는 건……. 한국 연예계가 늘 그렇게 말하면서 사과해 왔는데, 그래 놓고 다시 반복되니 더 이상 변명이 안 됩니다. 케이팝은 미국 흑인 음악에서 영향 받은 게 많고 아프리카계 미국 뮤지션들과 협업도 많이 해요. 그러면서 계속 모른다니요. 세상에서 가장 빠른 인터넷을 가지고 있는데, 클릭 한 번만 해도 알 수 있잖아요."

이런 대화를 주고받으며 한 가지를 느낄 수 있었다. 한국은 그간 '세계화'를 외쳐왔고 경제교역과 한류와 인터넷 연결로 충분히 세계화되었다고 생각하지만 사실 내적으로 세계시민 의식은 충분치 않다는 것을. 싸이의 「강남 스타일」 뮤직비디오가 유튜브를 통해 뜻하지 않게 세계적 센세이션이 되는 것을 목격하고 또 그것을 기뻐해 외국인을 붙잡고 "두 유 노 싸이?"를 물으면서도, 블랙페이스 코미디나 뮤직비디오가 같은 식으로 국경을 넘어서 누군가를 불쾌하게 할 수 있다는 건 미처 생각 못하는 경우가 많다는 것을. 「강남 스타일」 또한 과연 어떤 문화적 맥락에서 외국에서 히트쳤는지 후속 연구가 필요한데, 동상까지 세워 축하하고 관광객을 끌어들이기에만 급급하다는 것을.

결국 물의와 사과를 반복하면서도 또 튀어나오는 '검은 얼굴'은 이렇게 '국위선양'과 경제 이익에만 초점을 둔 한국의 선택적 세계화가 초래한 민낯이 아닌지 모르겠다.

07

경제학 농담으로 푸는 저출산 해법

경제학에는 자학 농담이 많다. 학생들이 졸기 시작하면 교수님들은 그런 농담으로 깨우곤 했다. 내 잠을 깨웠던 농담 중에 이런 게 있다. 어느 연구용역직에 수학자, 통계학자, 경제학자가 지원했다. 면접관이 먼저 수학자에게 물었다.

"2 더하기 2는 몇인가요?"

수학자는 황당해하며 대답했다.

"당연히 4죠."

다음은 통계학자.

"평균 4입니다. 오차가 발생할 수 있지만."

다음은 경제학자. 그는 벌떡 일어나 문을 잠그고 오더니 면접관에게 은밀히 속삭였다.

"몇을 원하는데요?"

경제학자가 정부든 대중이든 타깃의 입맛에 맞추고자, 또는 스스로 결론을 미리 내려놓고 그걸 정당화하고자 보고 싶은 데이터만 보거나 데이터 해석을 편향적으로 하는 등등의 방법으로 얼마든지 '맞춤 결과'를 내놓을 수 있다는 얘기다.

현실에서 이런 사례는 여기저기에서 볼 수 있다. 2017년 초, 많은 싱글 남녀를 어이없게 했던 한국보건사회연구원의 어떤 보고서도 그랬다. 이 보고서는 기혼자의 저출산보다 혼인율 하락이 더 큰 저출산 원인이므로 혼인율을 높여야 한다고 했다. 그리고 혼인율이 낮은 이유는 젊은이들이 스펙을 쌓느라 결혼이 늦어지고, 고학력·고소득 여성이 자신보다 학력과 소득이 낮은 남성과 "하향선택결혼"(말 자체가 참…….)을 하지 않기 때문이라 주장했다.

그래서 보고서가 제시한 놀라운 해결책은 이것이다. 대기업과 공공기관에서 "불필요한 휴학, 연수, 자격증 취득 등이 채용에 불리하게 작용할 수 있다는 점을 고지"할 것. "하향선택결혼"을 유도할 문화 컨텐츠를 개발해서 퍼뜨리는데, "무해한 음모 수준으로 은밀히" 진행할 것.

이것을 본 싱글 여성 친구가 말했다.

"행정자치부의 '출산지도'에 이어서 또 한번 국가의 목적으로 사육 당하는 개돼지가 된 기분이군. 월요일엔 네 발로 출근해야 할 것 같아."

싱글인 나도 비장하게 대꾸했다.

"함께 네 발로 출근하자꾸나."

우리를 비롯한 많은 이들이 이 보고서에 불쾌감을 느낀

이유는, 일단 그 전제에서 사람들이 각자 행복을 추구하는 개인이기에 앞서 국가 경제의 자원 혹은 부속품으로 간주되고 있기 때문이다. 경제학 연구는 전제를 어디에 두느냐에 따라 전혀 다른 방향으로 흘러갈 수 있다.

보고서의 여러 디테일에서도 반박이 가능하다. 우선 낮은 혼인율과 기혼자의 저출산은 쉽게 분리되는 문제가 아니다. 금전적인 것만 따져도 소득에 비해 자녀 양육 비용이 높은 한국의 현실에서, 그 비용을 포함한 결혼의 미래 비용이 결혼의 미래 즐거움 즉 미래 효용보다 크기 때문에 결혼을 포기하는 경우는 고려하지 않았는지? 게다가 개인의 취미와 자기계발 등이 중요해진 반면에 OECD 최장 노동시간으로 인해 잔여시간이 희소한 것을 감안하면 자녀 양육의 기회비용은 더더욱 높게 계산된다.

노벨상 수상 경제학자 게리 베커(1930-2014)는 "결혼은 결혼을 통해서 얻을 수 있는 만족이 독신일 때 얻는 만족보다 클 것이라는 기대가 전제됐을 때 가능하다."고 했다. 이때의 만족은 물질적인 것만이 아니다. 기혼일 때의 안정감과 소속감, 반대로 비혼일 때의 자유로움 같은 정신적인 것까지 포함한다. 한마디로 싱글 남녀는 머릿속에서 물질적·정신적인 것을 두루 포함한 비용편익분석을 해서 결혼 여부를 결정한다는 것이다. 일일이 구체적으로 숫자로 쓰진 않더라도.

고학력·고소득 여성들이 소위 '하향선택결혼'을 하지 않는 현상도 그런 비용편익분석의 결과라고 볼 수 있다. 맞벌이 가정이라도 여성의 가사·육아 부담이 더 크고 출산이 경력단절로 이어지기 쉬운 한국의 현실에서, 고학력·고소득 여성일수록 결혼으로 잃는 것들 즉 결혼할 때의 기회비용이 커진다. 이 경우 크나큰 사랑의 기쁨으로 효용을 증대시키는 운명의 배우자를 만나든지, 아니면 소위 좋은 조건으로 효용을 증대시키는 배우자를 만나는 경우에만 효용이 비용을 초과해서 결혼에 이르게 된다. 물론 어느 쪽이든 쉽지 않아 비혼으로 남는 경우도 많은데, 이것은 독신의 편익이 비용보다 크기 때문이다.

사실 요즘 인터넷과 소셜미디어를 보면, 굳이 고학력·고소득이 아니더라도 자립할 수 있는 젊은 여성들은 결혼의 기회비용을 높게 보는 경우가 많고 그래서 회의적인 경우가 많다. 따라서 여성의 결혼 의지를 높이려면, 한국의 가정·직장 문화를 북유럽처럼 남녀 모두 여유를 가지고 직장일과 가사 육아를 병행할 수 있도록 바꾸는 것에 관해 연구해야 한다. 고소득·고학력 여성의 소위 '하향선택결혼'을 유도할 것이 아니라.

오히려 지금 저출산 문제 해결을 위한 경제학적 연구에서 필요한 것은 가사와 육아 등 돌봄 노동의 가치를 어떻게 현실에 맞게 수치화해서 정책 계산에 넣는가이다. 그와 관련해 스웨덴 출신 저널리스트 카트리네 마르살이 쓴 책 『잠깐

애덤 스미스 씨, 저녁은 누가 차려줬어요?』(2016)는 흥미로운 질문을 던지고 있다.

근대경제학의 아버지로 여겨지는 애덤 스미스(1723-1790)는 "우리가 저녁을 먹을 수 있는 것은 푸줏간 주인, 양조장 주인, 혹은 빵집 주인의 자비심 덕분이 아니라 자신의 이익을 추구하려는 그들의 욕구" 때문이라고 말하면서, 각자의 이기심이 시장 거래로 조율되는 경제 구조를 이야기했다. 하지만 독신인 그에게 저녁을 차려준 어머니 마거릿 더글러스의 노동은 논하지 않았다는 것이다. 즉 그간의 경제학이 가사와 돌봄 노동이 경제에서 차지하는 가치를 제대로 반영하지 못해 왔다는 것.

하긴 학부 시절에 교수님께 들은 경제학 농담 중에 이런 것도 있었다.

"GDP를 당장 쉽게 대폭 늘리는 방법은 모든 가정주부들이 자기 집이 아니라 옆집에 가서, 즉 A는 B의 집에 가고 B는 C의 집에 가고 C는 A의 집에 가서 자기 집에서 하던 것과 똑같은 가사·육아 노동을 하고 월급을 받는 것이다."

그 얘기를 듣고 킬킬 웃으면서도 GDP 산출법의 한계만 생각했을 뿐, 여성의 가사 및 돌봄 노동이 객관 평가되지 않는 현실과 그것이 초래하는 큰 문제에 대해서는 그때만 해도 진지하게 생각해 보지 않았다.

지금 우리나라의 저출산 정책이 계속 헛발질을 하는 데

에는 바로 이 이유가 클 것이다. 가사와 육아 등 돌봄 노동은 '사랑의 노동'으로 아름답게 표현되면서도 정작 경제 시스템에서 그 실제적 중요성과 가치는 막연하게 다뤄지고 도리어 저평가된다. 그래서 여러 문제가 발생하는데, 가사와 돌봄 노동이 가정 밖에서 공급될 때 가격 책정이 제대로 안 되는 것도 그중 하나다. 일례로 자녀를 어린이집에 맡기는 기자 동료들도 어린이집 보육교사 급여가 너무 적다고들 한다. 그러니 교사들이 과연 의욕을 가지고 양질의 보육 서비스를 제공할 수 있을지 걱정된다는 것이다.

경제학 농담은 대부분 뼈 있는 농담들이다. 경제학을 공부한 사람들은 그 과학적 방법론과 인간 사회에 대한 폭넓은 적용 가능성을 자랑스럽게 여기며 '사회과학의 여왕'이라고 자찬하지만, 또 이런 경제학 농담들을 통해 그 맹점과 한계를 되새긴다. 경제학 농담 몇 개만 되뇌어도 저출산 정책을 그리 쉽게 이야기할 수 없을 것이고, 이제 유행어가 된 "무해한 음모" 같은 소리를 함부로 하지 못할 것이다.

6부
행복하게

01

행복도 경쟁해야 하나요

"불행하면 지는 거다."

웹툰 「낢이 사는 이야기」에서 이 말을 외치며 주먹을 불끈 쥔 커플의 모습은 최근 본 가장 '웃픈' 이미지였다. 다른 사람들 못지않게 행복해야 한다는 강박관념으로 커플 기념일을 준비하다 보니 "오히려 일을 그르치고 만다."는 작가 서나래의 경험담이었다.

"기쁨 강박 시대… 3명 중 1명 SNS서 행복 과장해 봤다."는 기사를 읽을 때 이 웹툰 이미지가 바로 연상됐다. 그리고 또 하나 떠오른 이미지는 요절한 한국의 개념미술가 박이소(1957-2004)의 유작이었다. 옅은 주황색 바탕의 거대 간판에 기가 질리게 커다란 하얀 글자로 "우리는 행복해요"라고 적혀있는 설치미술이다.

박이소는 북한 선전 간판에서 영감을 받았다고 했다. 그의 작품을 북한 같은 전체주의 국가에 갖다 놓으면, 행복하지 못한 국가에서 행복감을 톱다운으로 세뇌시키는 프로파

박이소, 「우리는 행복해요」의
계획 드로잉(2004)

간다로 보여 썩 잘 어울린다. 또한 현대 한국에 갖다 놓으면, 소셜미디어에 행복하게 '보이는' 이미지를 경쟁적으로 올리는 개인들의 강박관념이 바텀업으로 폭발해서 형상화된 것 같아 역시 잘 어울린다.

"소셜미디어서 행복 과장한 적 있다."고 말한 사람들 중 과반수가 "남들에게 뒤처지고 싶지 않아서" 그랬다고 한다. 프랑스 소설 『꾸뻬 씨의 행복 여행』이 줄곧 스테디셀러였는데도, 그 책의 주요 메시지 중 하나인 "행복의 비결은 자신을 다른 사람과 비교하지 않는 것"은 실천되지 않는 모양이다.

경쟁은 스트레스를 낳는다. 그래서 '행복 경쟁'을 하다 보면 '왜 행복해야 하나?'라는 질문까지 나오게 된다. 물론 불행하고 싶은 사람은 없겠지만, 불행하지 않은 것 그 이상의 행복을 추구할 필요가 있을까? 무엇보다도, 대체 뭐가 행복일까?

그에 대해 『꾸뻬 씨의 행복 여행』에서 한 승려는 "행복을 목적이라고 믿는 게 첫째 실수다."라고 답해 준다. 자연스럽게 겪는 좋은 감정의 경험들이 행복이라는 것이다. 영국 행동과학자 폴 돌런은 비슷한 듯 다른 의견을 낸다. 행복은 막연히 추구하거나 파랑새처럼 재발견하는 게 아니라, 즐거움과 목적의식의 경험이 균형을 이루는 것이라는 견해다.

이들을 비롯한 행복의 여러 정의를 한번 곰곰이 생각해

보아야 할 것 같다. 적어도 소셜미디어에서 획일화된 행복의 가상현실을 구축하는 게 진짜 행복은 아닐 테니까.

02

복과 화, 아름답고 추한 쌍둥이

옛날 어느 집에 한 여인이 찾아왔다. 화사한 옷을 입은 아름다운 귀부인이었다. 집 주인이 "누구신지요?"하고 정중히 묻자 여인이 답하길 "나는 공덕천(功德天)입니다. 가는 곳마다 행운을 불러오고 재물이 불어나게 해주지요."라고 했다. 집 주인은 기뻐 어쩔 줄 모르며 향을 피우고 꽃을 뿌리며 여인을 극진히 집으로 모셔 들였다.

그런데 곧이어 또 한 여인이 찾아왔다. 더러운 누더기를 걸친 추한 여인이었다. "아니, 댁은 누구요?"라고 주인이 묻자 여인은 "나는 흑암천입니다. 가는 곳마다 재난을 불러오고 재물이 줄어들게 하지요."라고 대답했다. 주인이 기겁을 해서 칼을 들고 나와 휘두르며 "썩 꺼져라. 가지 않으면 죽여 버리겠다!"고 고함쳤다.

그러자 여인은 비웃으며 말했다.

"그대는 참 어리석군. 방금 그대가 집에 영접한 여인이 바로 나의 언니요. 우리는 쌍둥이로 반드시 붙어 다니게 되

「길상천도」(8세기 나라 시대),
일본 나라 야쿠시지 소장

락슈미 조각(13세기),
미국 LA 카운티 뮤지엄
(LACMA) 소장

어 있소. 내가 떠나면 언니도 떠날 것입니다."

그러자 앞서의 여인도 말했다.

"내가 여기 있으려면 내 동생도 여기 있어야 합니다."

어릴 때 이 이야기를 우연히 듣고 난생 처음 심각한 고민에 빠졌다. 내가 집 주인이라면 과연 저 쌍둥이를 모두 맞아들일 것인가, 아니면 모두 내쫓을 것인가? '아니, 왜 공덕천만 받으면 안 돼? 왜 그렇게 정해진 거야?'하고 불끈 짜증을 내며 생각을 포기해 버렸다. 그럼에도 이 이야기가 뚜렷한 기억으로 남은 건 어린 마음에도 세상의 이치를 어렴풋이 짐작했기 때문이 아니었을까.

성장하면서 이것이 불교 경전 『열반경(涅槃經)』에 나오는 우화라는 것을 알게 됐다. 공덕천은 길상천(吉祥天)으로도 불리는 복을 주는 여신으로, 고대 인도 신화와 힌두교의 풍요와 행복의 여신 락슈미에서 유래했다는 것도.

그리고 성인이 되어 새삼 깨달았다. 공덕천과 흑암천은 쌍둥이일 뿐만 아니라 아예 한 몸의 두 얼굴이며 결코 서로 떨어질 수 없다는 것을. 빛이 있으면 그림자가, 내리막이 있으면 오르막이 있고, 그 어느 쪽의 상태도 영원하지 않다는 것을.

그럼 둘 다 맞이할 것인가, 쫓을 것인가? 학부에서 경제학을 전공하며 '불확실성 하의 선택'을 공부할 때 장난스럽게 생각해 본 적이 있다. 공덕천과 흑암천의 파워가 같아서

각각 주는 이익과 손해의 크기가 동일하고 그 확률이 반반이라고 전제하면, 위험회피적(risk-averse)인 사람은 둘 다 쫓아내고 위험선호적(risk-loving)인 사람은 둘 다 맞아들일 것이라고.

불교 철학에서는 둘 다 물리치는 것이 희비와 고락의 굴레에서 벗어나 니르바나에 도달하는 길이라고 들은 것 같다. 하지만 속세에서 치열하게 살고자 하는 인간은 둘 다 받아들여야 할지도 모른다. 어느 쪽이든 그 둘이 언제나 함께라는 사실만 잊지 않으면 혼탁한 세상에 중심을 잡고 서서 버틸 수 있을 것이다.

03

두 개의 봄

"그럴 가치도 없는 세상, 도처에 벚꽃이 피었네."

옛 일본 시인 고바야시 잇사는 이렇게 탄식했다. 그의 하이쿠처럼, 분쟁의 공포가 꿈틀거려도, 또 참혹하거나 추한 사건사고가 여기저기 일어나도 봄은 어김없이 반짝이는 꽃망울이 맺히게 하고 찬란하게 터지도록 한다. 그 무심한 아름다움에 동서고금 예민한 예술가들은 황홀하고, 또 불편하고, 또 원망스러웠나 보다. 도취를 일으키는 그 눈부신 4월에 드리워진 죽음의 그림자에 대해서 영국의 한 남성 화가는 그림을 그렸고 미국의 한 여성 시인은 시를 읊었다. 공교롭게도 두 사람 모두 이름이 '밀레이'로 발음된다. 영어 스펠링은 다르지만.

라파엘전파 화가 존 에버렛 밀레이(1829-1896)의 그림 「봄」을 보면 사과꽃이 흐드러지게 핀 과수원에서 한 무리의 소녀들이 피크닉을 즐기고 있다. 그들은 커다란 크림 그릇을 둘러싸고 앉아서 커드(굳힌 우유)와 크림을 맛보기도 하고, 꺾은 꽃을 머리카락에 섞어서 땋기도 하고, 따사로운 봄볕을 받으며 나른하게 뒹굴기도 한다. 사과꽃처럼 소녀들도 상큼하게 아름답고, 그들의 한때도 만개한 사과꽃처럼 풍성하다.

이 그림에서 눈에 띄는 것은 사과나무의 꽃과 잎부터 소녀들이 꺾어서 바구니에 담은 노란 앵초와 제비꽃까지 각종 식물을 세부적으로 꼼꼼하게 묘사했다는 것이다. 이것은 당시 아카데미 전통의 정형화되고 이상화된 자연 묘사와는 또 다른 것으로, 밀레이가 속했던 라파엘전파 화가들의 특징이었다. 그들은 아카데미의 교과서와도 같은 전성기 르네상스 대가 라파엘로 이전 시대에 관심이 많았다.(그래서 '라파엘전파'다.) 그들은 중세와 초기 르네상스 그림이 인물을 소박하고 진솔하게 묘사하면서 수풀 등 자연을 충실한 관찰을 바탕으로 꼼꼼하게 세부 묘사한 것에 영향을 받았다.

라파엘전파 화가들은 화법뿐만 아니라 주제에 있어서도 중세 미술의 영향을 많이 받았다. 밀레이의 사과꽃 그림은 화가가 살던 시대의 '모던한 광경'을 묘사했지만, 여기에도 중세적 상징이 하나 숨어 있다. 바로 그림 오른쪽 끝에 있는 낫! 이 낫의 존재는 중의적이다. 일단 과수원 손질용 낫으로 자연스럽게 등장한 것으로 볼 수도 있다. 하지만 서구에서 낫은 예부터 때가 되면 곡식을 베어 수확하듯 인간의 목숨을 거두어들이는 죽음의 상징이었다. 중세 말기부터 유행한

'죽음의 무도(Danse Macabre)' 장르 그림을 보면 해골의 얼굴을 한 죽음의 화신이 종종 낫을 들고 있다.

밀레이가 유쾌한 봄날의 피크닉 장면에 섬뜩한 죽음의 상징을 집어넣은 이유는 무엇일까. 서구에서는 예부터 메멘토 모리(Memento Mori), 라틴어로 '죽음을 기억하라'는 메시지를 예술에 포함시키는 경우가 많았다. 인간이 젊음과 아름다움을 뽐내고 부귀영화를 쌓아도 결국에는 누구나 빠르든 늦든 죽음을 맞을 수밖에 없으니, 그것을 가슴 한구석에 새기고 살아야 한다는 메시지다.

밀레이의 그림 속 소녀들의 사과꽃처럼 싱싱하고 화사한 아름다움은 사과꽃처럼 언젠가는 시들 것이다. 화창한 봄날이 언젠가 스산한 가을날로 바뀌듯, 죽음의 비극은 이 소녀들 모두에게, 또 그들을 보는 우리에게 언젠가 찾아올 것이다. 너무나 아름다운 것을 볼 때 왠지 슬퍼지는 것은 그것이 영원하지 못하다는 것을 직감하기 때문은 아닐까. 그림 속에 슬며시 들어간 낫은 그것을 깨우쳐 준다.

하지만 이 낫으로 인해 밀레이의 그림 전체가 비애감이나 공포로 무겁게 가라앉지는 않는다. 그저 들뜬 피크닉의 그림이 삶과 죽음, 자연의 순환에 대해 명상하게 하는 차분한 그림으로 변할 뿐.

밀레이의 그림이 인간은 피할 수 없는 물리적 죽음에 대해 상기시킨다면, 시인 에드나 밀레이(1892-1950)의 시 「봄」

존 에버렛 밀레이,
「봄 (또는 사과꽃)」(1859),
레이디 레버 갤러리 소장

이 상기시키는 것은 정신적인 죽음과 기계적인 삶이며 그것에 대한 반항이다. T. S. 엘리엇이 「황무지」에서 노래한 "삶 속의 죽음"과 같은 것이다. 시인은 죽은 것과 다를 바 없는, 아무런 능동적 생각도, 꿈도, 행동도 없는 무미건조한 삶에 아름다움과 생명력으로 충만한 봄이 다시 찾아오는 것에 분노를 느낀다.

봄

에드나 밀레이 지음

문소영 옮김

무슨 의도로, 4월이여, 다시 돌아오는가?
아름다움이란 답은 충분치 않다.
더 이상 너는 끈끈히 열리는 조그만 잎사귀의
붉은빛으로 나를 침묵시킬 수 없다.
나는 내가 아는 것을 안다.
내가 크로커스의 뾰족한 끝을 바라볼 때
태양은 내 목에 뜨겁다.
대지의 냄새는 좋다.
죽음은 존재하지 않는 것처럼 보인다.
하지만 그게 뭐가 중요한가?
땅 밑에서만 인간의 뇌가

구더기에게 먹히는 게 아니지.
삶은 그 자체로는
아무것도 아닌.
빈 잔, 카펫이 안 깔린 계단.
그것으론 충분치 않다, 매년, 이 언덕 아래로
4월이
백치처럼 횡설수설하며 꽃을 뿌리며 오는 것으로는.

사실 봄을 냉정하게 맞기란 쉽지 않다. 시인은 그동안 "끈끈히 열리는 조그만 잎사귀의 붉은빛"을 보면 어쩔 수 없는 환희에 모든 불만과 분노를 잊을 수밖에 없었다. 그는 이제 더 이상 그 유혹에 넘어가지 않겠다고, 그런 것으로 "나를 침묵시킬 수 없다."고 선언한다. 그래도 크로커스와 목에 닿는 따사로운 햇볕과 대지의 향기는 너무나 유혹적이다. 그래서 "죽음은 존재하지 않는 것처럼 보이는" 착각에 잠시 빠진다. 하지만 그는 다시 머리를 흔들며, "구더기에게 뇌가 먹히는" 것 같은 삶, 능동적 환희를 찾지 못하고 그저 그때그때 오는 계절의 아름다움에서 위안을 받는 "빈 잔" 같은 삶을 살지 않겠다고 한다.

재미있는 것은 시인의 봄에 대한 원망과 거부가 도리어 봄이 그토록 모든 생각을 멈춰 버리고 도취되게 하는 마력을 지녔다는 것을 반어법적으로 드러낸다는 것이다. 봄날을 찬양하는 그 어떤 시에서도 봄이 이토록 유혹적이고, 매력적이고, 찬란하게 묘사돼 있지 않다. 봄에 대한 시인의 애증을 드러내는 몇몇 감각적 시구에서 거의 날카로운 성적 긴장감이 느껴질 정도다.

밀레이의 그림과 또 다른 밀레이의 시에서처럼 육체적, 정신적 죽음의 비극을 덮어버리며 그 찬란함으로 우리를 바보로 만드는 봄, 그 봄이 또 온다.

04

스승의 날 스승에게서 받은 선물

『실력과 노력으로 성공했다는 당신에게』(원제: Success and Luck)라는 책이 있다. 어찌 보면 잔인한 책이다. 성공한 사람들은 (극소수 예외를 빼고) 다 노력한 사람들이지만, 노력했다고 다 성공하는 건 아니라는 것을, 거기엔 생각보다 '운발'이 작용한다는 걸, 각종 사례와 경제학적 모델로 명쾌히 보여주니 말이다.

성과에서 운의 비중 자체는 작지만, 경쟁이 치열할수록 선두 그룹에 있는 사람들의 능력과 노력은 비슷하기 때문에 운이 결정적 역할을 한다는 것이다. 게다가 타고난 국가·가정환경, 타고난 두뇌 또한 운이 아니겠냐는 것이다.

그 자신 노력가인 코넬대 경제학 교수 로버트 H. 프랭크가 이 책을 쓴 건 "그러니 운에 맡기고 노력하지 말자, 그냥 막 나가자!"라고 주장하기 위해서가 아니다. 운 없는 사람도 덜 억울하게 살 시스템을 만들기 위해, 그래서 그 일환으로 누진소비세(물품세가 아닌 소득세 대체 개념) 등을 논하려 한 것이었다. 구체적 제도 문제에서는 찬반이 엇갈리겠지만 그의 이 말은 누구도 부인하기 힘들 것이다.

"자신의 성공에 행운이 작용했음을 알수록 다른 이들에게 관대해진다."

내게 이 말을 처음 해준 사람은 또 다른 경제학자이며 나의 학부 시절 은사인 이준구 교수님이었다. 경제학이 선택의 철학임을 가르쳐주신 분. 정년퇴임하셨지만 여전히 활발히 강의하고 토론하시는 선생님을 스승의 날에 찾아뵈었다. 감자탕을 먹고 커피를 마시며 이런저런 이야기를 하다가 선생님이 불쑥 말했다.

"세상에서 가장 보수적인 사람이 어떤 종류의 사람이라고 생각해?"

내가 계층, 연령, 성별 등을 생각하며 갈팡질팡 답을 고르고 있을 때 선생님이 다시 말했다.

"자수성가한 사람."

"난 노력해서 그 모든 난관을 극복했는데, 왜 너는 못하느냐, 왜 세상 탓만 하느냐고 그 사람들은 묻지. 강철 같은 투지를 가진 사람들이지만 그런 강철 같은 자세로 다른 사람들을 보지. 그런데 그 사람들의 성공에 과연 운이 전혀 없었을까?

내가 국민학교 5학년 때 담임선생님은 사는 동네로 차별하는 사람이었어. 반 애가 떠들다 걸리면 '너 어디 사냐?'

고 물어봐서 내가 사는 가난한 동네에 산다고 대답하면 '그럴 줄 알았다.'라고 하는 그런 사람이야. 그해에 내 자존감은 이루 말할 수 없이 상처받았고 의욕도 사라져서 성적이 많이 떨어졌어. 계속 그런 선생님만 만났다면 지금의 나는 없었을 거야. 그런데 6학년 때 정말 좋은 선생님, 아이들에게 힘을 주고 의욕을 주는 그런 선생님을 만났어. 그때 성적이 엄청나게 뛰었지. 그리고 부모님도 계속 애를 쓰셔서 가정 형편이 조금씩 조금씩 나아졌고. 그 반대였다고 생각해 봐. 그런 것도 다 운이 아니겠어?

어려운 형편에서 자수성가했다고 해서 그게 다 온전히 자신이 이룬 거라고 생각해선 안 돼. 거기에도 운이 작용했다는 것을 알아야 해. 그리고 그 운을 갖지 못한 사람들을 배려해야 해."

그 말은 스승의 날 내가 도리어 스승으로부터 받은 인생 선물이었다.

05

늘 거기 있을 줄 알았는데

며칠 전 친구의 블로그에 놀러갔더니 영화 「디 아워스」(2002) 파일을 구했는데 너무 좋아서 거의 대사를 외울 정도로 보고 있다는 이야기가 씌어 있었다. 그러고 보니 나도 극장에서 봤을 때 여운이 많이 남았던 것 같은데, 이젠 (좀 창피한 얘기지만) 의미 있는 대사 같은 건 하나도 생각이 안 나고 「디 아워스」하면 떠오르는 건 오로지 설탕에 절인 생강이다……. 그 왜, 버지니아 울프(니콜 키드먼)가 언니와 조카들이 오니까 대접 좀 제대로 하고 싶다고, 중국 차에 곁들여 먹을 생강이 필요하다고, 런던까지 가서 생강을 사와야 한다고 고집하는 장면 말이다. 난 그 장면이 이상하게 인상적이었다.

그런데 왜 인상적이었나 생각해 보니 내용상 어떤 상징적인 의미로 이해해서가 아니라 단지 차에 곁들여 먹는 생강은 과연 맛있을까 하는 단순무식한 의문 때문이었다. 영화에는 그냥 "생강"이라고 나왔지만 어릴 적 읽은 영국 동화들

료 집자해 본 때 설탕에 절인 생강이 틀림없다. 그러나 설탕에 절였다 해도 그 매큼한 독특한 향의 생강이 과연 차에 맞겠느냔 말이다.

게다가 난 생강과자에 얽힌 괴로운 기억도 있다. 어릴 적 크리스마스에 엄마아빠를 졸라서 「헨젤과 그레텔」에 나오는 것 같은 생강과자로 만들어진 과자집을 산 적이 있었는데, 보기에 정말이지 예뻤던 그 과자집은 먹기에 정말이지 맛이 없었다. 온가족이 괴로움에 몸부림치면서 그걸 먹어치워야 했고 그 뒤로 다시는 과자집 사달라고 조르지 않았던 기억이 난다. 생강과자도 맛이 없는데 과연 생강이 맛있을까?

그 의문을 해결해 준 곳은 정동극장에 조용히 자리 잡고 있다가 사라져버린 (그게 벌써 10년 전이다.) '토담'이라는 이름의 조그만 전통찻집이었다. 젠 스타일의 미니멀한 인테리어나 값진 진짜 조선시대 고가구들로 꾸며진 세련된 전통찻집이 아니라, 몇십 년 전 스타일의 나무탁자와 의자들, 골동품이라기보다는 고물이라는 표현이 더 어울릴 잡동사니가 모여 있던, 그런데 그게 그만의 독특한 매력이 있던 그런 찻집이었다. 거기에서 쌍화차에 곁들여 나온, 설탕가루가 덮여있어 하얀, 얇게 저민 생강 조각을 입에 물었더니 그 알싸한 향과 매콤하고 달콤한 맛이 참 좋았다. 그 순간 「디 아워스」의 버지니아 울프가 떠오르면서 '아, 버지니아 씨, 왜 런던까지

가야 한다고 했는지 알 것 같아요!' 하고 속으로 외쳤다.

어렸을 때 생강과자는 그렇게 맛없었는데, 이 생강은 왜 이렇게 매혹적인 맛이 나는 걸까? 내가 커서 입맛이 바뀐 걸까? 아무튼 그 뒤로도 그 찻집에 들를 때면 다른 차를 마실 때도 꼭 그 설탕에 절인 생강을 달라고 했고, 그러면 친절한 주인 아주머니는 "이건 쌍화차에만 주는 건데……." 하면서도 생강을 내주시곤 했다. 그러면 나는 그 하얀 생강 한 조각을 입에 물고 행복해졌다.

그런데 그 찻집이 어느 틈엔가 사라져버렸다. 대신 거기엔 또 하나의 그렇고 그런 이탈리안 레스토랑 겸 카페가 생겼고 지금은 또 바뀌었다. 늘 새삼스럽게 깨닫지만 서울은 참 자주 바뀐다. 하지만 '토담'이 없어진 것을 뒤늦게 알았을 때 손가락 사이로 싸늘한 바람이 빠져 나가는 것 같은 그 기묘한 느낌을 난 10년 넘게 변함없이 기억하고 있다. 그때 생각했지. 내가 거길 그렇게 오래 안 가고 있었던가? 근처를 지날 때면 언제나 '또 언제 가서 생강 먹어야지.' 했는데……. 난 그 찻집이 앞으로도 오래오래 조용히 그 자리를 지키고 있을 줄만 알았다. 언제든지 내가 가고 싶을 때 갈 수 있을 줄만 알았다. 그런데 아니었다.

때론 황당한 애니메이션에도 마음 깊은 곳을 건드리는 이야기가 나올 때가 있다. 개구리 같은 외계인 케로로와 그 일당이 지구 정복을 꿈꾸며 때가 올 때까지 어떤 평범한 집에서 가정부로 일하는 설정의 애니메이션 「케로로 중사」(2004-2011) 말이다. 거기 이런 내용의 에피소드가 있었다.

건담 프라모델을 좋아하는 케로로는 동네에 있는 오래된 장난감 가게에 애착을 갖게 된다. 하지만 주인 할아버지가 곧 가게를 닫을 것이라는 사실을 알게 된다. 애타 하던 케로로는 인간으로 변장하고 (근육질 몸매의 인체형 로봇에 유치원생 복장을 입혀서 그걸 타고 간다. 머리는 그대로 케로로다.) 할아버지를 설득하러 간다. 나는 여기서 당연히 케로로의 그 어마어마한 모습과 진심 어린 설득에 할아버지가 압도되어 장난감 가게가 계속 유지된다는 해피엔딩일 거라고 생각했다. 그러나 예상과 달리 할아버지는 그 모습을 보고도 매우 담담했고(!) 케로로가 고른 장난감을 정성 들여 포장해 주면서 시골에 있는 아들 식구들과 함께 살고 싶어서 가게를 닫을 수밖에 없다고 말한다. 그리고 얼마 후 가게는 정말 닫히고 만다.

한결같이 자리를 지키던 오래된 장난감 가게가 닫힌 것을 보면서, 어렸을 때 그 가게 단골이었던 한 동네 청소년이 이런 독백을 한다.

"우리 주변에는 언제나 거기 있는 것이 당연하다고 여겨지는 것들이 있다. 우리는 그 당연한 것들에 대해서 냉담하다……. 그래서 그 당연한 것들은 슬퍼하면서 어느 날 우리를 떠나버리는 것인지도 모른다."

그렇게 언제나 거기 있을 것 같았던 조그만 찻집 토담은 내 곁을 영원히 떠나버렸다. 그 후 나는 설탕에 절인 생강을 어디선가 먹을 때마다 「디 아워스」와 버지니아 울프뿐만 아니라 토담을 떠올린다.

06

어떻게 기억될 수 있을까

동아프리카에는 삶과 시간에 관한 독특한 개념이 있다. 사람이 죽어도 그를 기억하는 이들이 있는 한 그는 '현재와 그 가까운 전후'를 뜻하는 '사사'에 살아 있다고 한다. 그를 기억하던 이들이 더 이상 없을 때 그는 '먼 과거'를 뜻하는 '자마니'에 잠기게 된다.

참 깊은 지혜와 아름다움의 관념이다. 나도 사사의 시간에서 살고 있는 이들을 많이 안다. 내가 처음 알았을 때부터 사사에 있었던 사람들도 있고 또 내가 알았을 때 현실의 시간에 있다가 사사의 시간으로 떠난 사람들도 있다. 이 세계에서는 정말 잠깐 있었지만 사사의 시간에서 오랜 생명을 누리는 사람들도 있다.

멕시코를 배경으로 한 애니메이션 「코코」에도 비슷한 이야기가 나온다. 음악이 금지된 집안에서 몰래 뮤지션의 꿈을 키우던 소년이 디아 데 로스 무에르토스(Día de los Muertos) 즉 '망자(亡者)의 날' 축제 밤에 산 채로 저승에 가

영화 「코코」의 한 장면

엘리우 베더,「기억」(1870),
로스앤젤리스 카운티 미술관(LACMA) 소장

서 겪는 모험담인데, 그곳 영혼들은 이승에서 잊혀지는 순간 진짜 죽음을 맞는 것이다.

소년의 집안에서 음악이 금지된 건 음악 때문에 가족을 버리고 떠난 고조부 탓이었다. 그는 저승에 와서야 사실 고조부가 가족에게 돌아가려 했다는 걸, 또 음악을 금지한 고조모가 원래 음악을 사랑했다는 걸 알게 된다. '가족의 사랑'은 디즈니의 오랜 주제지만, 그걸 뻔한 신파 대신 누구나 한번쯤 고민했을 문제 — 죽은 뒤에 기억되는 것, 또 일의 성취와 가정의 균형 — 과 연결해 유머러스하고도 눈물 나게 풀어나간다.

그런데 「코코」에선 예술에 대한 열정과 가족 사랑이 결국 수렴하며 따뜻하게 끝나지만, 동서고금 예술 거장의 사례를 봐도 일과 가정의 균형이 그리 쉽지 않다. 그런 균형 잡기에 자신이 없어 나처럼 싱글로 남은 이들은 이 영화를 보고 고민이 될 수밖에 없다. '제인 오스틴이나 빈센트 반 고흐는 독신이었어도 수많은 이들의 기억 속에서 살아 있지만, 그런 업적을 남기지 못하고 자손도 없이 죽으면 기억해 줄 사람이 없으니 어떡하지?'

그런데 어쩌면 「코코」에 그 답도 있다. 남의 이름으로 히트곡이 된 「기억해 줘」에 대해서 소년의 고조부는 말한다. "그 곡은 세상을 위해서 쓴 게 아니라 오로지 내 딸 코코를 위해 쓴 거야." 명예나 인기를 위해서가 아니라 한 사람에 대한 사랑으로 쓴 노래이기에, 치매 걸린 코코 할머니는 그 노래로 아빠에 대한 기억을 되찾는다.

그렇게 기억을 불러일으키는 사랑은 가족과 인간에 대한 사랑뿐만이 아닐 것이다. 20세기 초 세라핀이라는 괴짜 화가는 가족 없이 남의 집 하녀로 전전하면서 아무도 봐주지 않는 그림을 수없이 그렸다. 자연과 예술에 대한 샘솟는 사랑에서였다. 그 사랑에 조응해서, 그와 전혀 연고 없는 이들이 그를 재발견했고 기억한다. 기억되는 것, 그건 결국 사심 없는 사랑만이 받을 수 있는 사랑의 보답인지도 모른다.

'기억' 하면 떠오르는 또 하나의 그림이 있는데, 엘리우 베더의 「기억」이다. 이 그림에서, 황량한 바다 위 구름 속에 드러난 얼굴도 어쩌면 화가의 기억으로 인해 사사의 시간에 살고 있던 누군가였을지도 모른다. 그는 화가의 애틋한 기억으로 생명을 얻고 있었는지도 모른다. 화가마저 죽어서 그가 사사의 시간에서 생명을 잃었다고 해도, 누군가 이 그림을 보고 그에 대해 찾는다면 그는 사사의 시간에서 부활할 수 있는 것이다. 이게 예술의 기묘한 힘이 아닌가 싶다.

베더는 미국 화가 중에는 드물었던 상징주의 화가였다. 그의 그림은 평론가들에게 다소 유치하다는 평을 받고 있지만 그래도 어떤 그림은 참 강렬한 인상을 준다. 이 「기억」이라는 그림도 그다지 세련된 그림은 아닐지 몰라도 깊은 인상을 남기는 그림이다. 그래서 여전히 많은 사람들이, 그리고 나도, 베더를 기억한다. 베더 역시 사사의 시간에 살아 있다.

07

메멘토 모리에서 카르페 디엠으로

생각해 보면 비교적 일찍부터 주변에서 예기치 않은 죽음을 여러 번 봐왔다. 대학교 때 동기 두 명이 각각 교통사고와 스스로의 선택으로 세상을 떠났고, 교수님 한 분도 심장마비로 요절했다. 그때 그분의 나이가 지금의 내 나이보다 적었다는 걸, 그리고 그땐 내가 어른인 줄 알았는데 지금 대학생들을 보니 병아리들로 보인다는 걸 떠올리면, 채 다 피지도 못하고 가지에서 떨어진 그들의 젊음에 새삼 가슴이 서늘하고 아릿해진다. 몇 년 전에는 신문사 선배 두 분이 두 주 간격으로 각각 불의의 사고와 지병으로 별세해 모두들 혼이 반쯤 나갔던 일도 있다.

공교롭게도 떠난 이들은 모두, 극도의 상실감과 그리움이 내 모든 다른 감정과 생각을 압도할 만큼 절친한 관계도 아니었고, 그렇다고 의례적이고 인류애적인 수준의 조의를 보내고 잊을 만큼 데면데면한 관계도 아닌, 그 사이 어디쯤의 관계였다. 그래서 그들의 죽음을 겪으며, 오히려 죽음이란 것에 대해 더 많이 생각했던 것 같다. 그러면서 나 자신도 빠르든 늦든 언젠가는 죽으리라는 것을, 내일이라도 뜻하지 않게 세상을 떠나게 될지도 모른다는 것을, 덤덤히 생각하는 것에 익숙해졌다. 서구의 '메멘토 모리' 전통이 낯설지 않게 된 셈이다.

메멘토 모리, 라틴어로 "죽음을 기억하라." 그러니까 "우리가 언젠가 죽는다는 것을 기억하라."는 뜻. 이미 고대 그리스, 로마 문화에 산 사람들에게 죽음을 상기시키는 전통이 있었고, 중세 그리스도교 문화에서 본격적으로 강조되며 예술 장르로까지 발전했다. 중세에는 해골 모습을 한 죽음의 화신이 사람들과 딩가딩가 춤을 추며 하나씩 저승으로 끌고 가는 '죽음의 무도' 연극과 그림이 나타났다. 17세기에는 화려한 귀중품과 아름다운 꽃 사이에 해골이 딱 자리 잡고 있는 '바니타스(Vanitas: 헛됨)' 정물화가 유행했다. 또 현대 디자이너 알렉산더 맥퀸으로까지 이어지는 해골 모양 장신구의 전통이 생기기도 했다.

실제로 유럽 여행을 할 때면 미술관에서뿐만 아니라 평범한 동네에서 '메멘토 모리' 전통을 실감하곤 한다. 동네 한가운데 묘지가 아무렇지도 않게 작은 공원처럼 자리 잡고 있더라. 10여 년 전 서울 어느 주택가 성당에 지하 납골당이 생긴다고 하니까 주민들이 집값 떨어진다고 격렬히 항의하며 추기경 차에 달걀을 던지던 장면이 떠오르면서 기분이

묘했다.

왜 우리나라에서는 그토록 터부시해 온 죽음을 서구에서는 문학과 예술과 장신구로까지 만들어 상기시켜 왔을까. 속세의 부귀영화에 연연하지 말고 내세를 위해 덕을 쌓으라는 그리스도교적 교훈을 위해서도 그랬지만, 고대 로마 시인 호라티우스의 시에서 비롯된 '카르페 디엠(Carpe Diem)' 메시지를 위해서도 그랬다. 라틴어로 '오늘을 잡아라.'라는 뜻이다.

'메멘토 모리'와 '카르페 디엠'이 어떻게 절묘한 한 쌍을 이루는지, 17세기 네덜란드 황금시대 화가 프란츠 할스의 그림과 19세기 영국 빅토리아 시대 화가 존 윌리엄 워터하우스의 그림을 같이 놓고 보면 알 수 있다. 할스의 그림에서는 화려한 깃털 모자를 쓴 소년이 마치 셰익스피어 『햄릿』의 한 장면에서처럼 해골을 들고 뭔가를 말하려 하고 있다. "나도 알아. 내가 지금은 젊고 제법 생겼지만 언젠가는 내 얼굴도 이 해골 같아질 거라는 걸."이라고 말하려는 것이겠지. 하지만 그걸 자꾸 상기시켜서 어쩌자는 걸까? 답은 워터하우스의 그림에 있다. 소녀가 자기 뺨처럼 핑크색인 장미 한 다발을 들고 말한다. "그러니까 할 수 있을 때 장미봉오리를 모아."

저 말은 그대로 이 그림의 제목이고, 영국의 옛 시구에서 따온 말이기도 하다.

"할 수 있을 때 장미봉오리를 모으라, / 시간은 계속 달

프란츠 할스의 「해골을 든 청년」(왼쪽)과
존 윌리엄 워터하우스의 「할 수 있을 때 장미봉오리를 모아라」(오른쪽)

아나고 있으니. / 그리고 오늘 미소 짓는 이 꽃이 / 내일은 지고 있으리니."

영화 「죽은 시인의 사회」(1989)에서 키팅 선생이 바로 이 시를 읊으면서 '카르페 디엠'과 같은 뜻이라고 학생들에게 말해 주었지.

그런데 어떤 식으로 오늘을 잡으라는 것일까? "내일 당장 죽을지도 모르는데 에라이, 노세 노세 젊어서 노세!"인가, 아니면 "내일 당장 죽을지 모르니 오늘 사과나무를 심으리라."일까? '카르페 디엠'의 기원이 된 호라티우스의 「송가 I-XI」는 "길고 먼 희망을 짧은 인생에 맞춰 줄이라. 우리가 말하는 동안에도, 질투 많은 시간은 이미 흘러갔을 것; 오늘을 잡아라, 내일을 최소한만 믿으며."라고 말한다. 얼핏 '노세 노세'로 보이지만 그의 '카르페 디엠'은 안분지족(安分知足)의 삶을 통해 정신적 평안의 쾌락을 얻는 것이었다.

「죽은 시인의 사회」의 키팅 선생은 '카르페 디엠'을 좀 더 적극적인 행위로 해석해서 학생들에게 이야기한다. "카르페 디엠, 오늘을 잡아. 여러분의 삶을 범상치 않게 만들도록 해." 자유롭게 생각하고 진짜 자신이 원하는 게 뭔지 찾아 즐기라는 것이다. 예일대학교 철학 교수 셸리 케이건의 경우에도 좀더 능동적, 건설적 형태의 '카르페 디엠'을 이야기한다. 그는 저서 『죽음이란 무엇인가』(1997)에서 이렇게 말했다. "우리에게 그리 많은 시간이 주어져 있지 않기에 삶을 가능한 많은 것들로 채워 넣어서 최대한 많은 축복을 누려야 한다."

그런데 삶을 가치 있는 것들로 채우기 위한 노력이 현재의 즐거움과 계속 충돌하는 경우에는 어떻게 해야 하지? 애플의 창립자 스티브 잡스가 2005년 스탠퍼드대학교 졸업식 연설에서 그에 대해 한 가지 답을 주었다.

"나는 매일 아침 거울을 보며 내 자신에게 물어왔습니다. '오늘이 내 생애 마지막 날이라면 내가 오늘 하려는 일을 할 것인가?' 그 대답이 '아니'인 날들이 너무 많이 계속될 때마다 나는 뭔가를 바꿀 필요가 있다는 것을 알게 됩니다."

그는 또 이렇게 말했다.

"여러분이 사랑하는 것이 무엇인지 찾으세요. (…) 여러분의 시간은 유한하니 다른 사람의 삶을 사느라 허비하지 마세요."

그러고 보니 잡스가 2011년 췌장암으로 세상을 떠난 지도 여러 해가 흘렀다. 지금 애플의 미래나 잡스의 생전 인격에 대해서는 의견이 엇갈린다. 그러나 그가 자신이 진정 사랑하는 일을 하며, 미래를 향해 나아가면서 또 현재를 즐긴 '메멘토 모리'와 '카르페 디엠' 실천의 본보기였음은 부정하기는 힘들 것이다. 오늘도 잡스의 이 말을 떠올린다.

"죽음은 삶이 만든 유일한 최고의 발명품인 것 같습니다. 죽음은 삶의 변화를 가져오는 동력이니까요."

광대하고
게으르게

1판 1쇄 펴냄 2019년 6월 15일
1판 4쇄 펴냄 2021년 9월 8일

지은이 문소영
발행인 박근섭 · 박상준
펴낸곳 (주)민음사

출판등록 1966. 5. 19. 제16-490호
주소 (우편번호 06027) 서울특별시 강남구 도산대로1길 62(신사동)
강남출판문화센터 5층
대표전화 02-515-2000 | 팩시밀리 02-515-2007
홈페이지 www.minumsa.com

ISBN 978-89-374-4188-2 (03800)